Warschau

Ein Roman um den Zweiten Weltkrieg

RICHARD G. HOLE

Warschau
Ein Roman aus dem Zweiten Weltkrieg

Richard G. Hole

Zweiter Weltkrieg

ZUSAMMENFASSUNG

Der Aufstand der polnischen Geheimen Widerstandsarmee in Warschau war ein nicht ohne Bedeutung im Zweiten Weltkrieg stattgefundener Waffenakt.

Die Nähe der russischen Truppen gab den Polen Hoffnungen auf Erfolg und sie erhoben sich in Warschau im Vertrauen auf die Ankunft der Soldaten des Marschalls Vatupin.

63 Tage lang kämpften Deutsche und Polen erbittert um den Besitz der Stadt.

Das Schicksal Warschaus spielte sich im Laufe der Geschichte weiter.

Warschau ist eine Geschichte aus der Sammlung des Zweiten Weltkriegs, einer Reihe von Kriegsromanen, die im Zweiten Weltkrieg entwickelt wurden

WARSCHAU

KAPITEL I

AM RAND DES KRIEGES

Es war kalt. Aleska hob den Kragen ihres Sommermantels und ging durch die Straßen. Leute, die an ihr vorbeigingen, warfen ihr einen kurzen Blick zu und setzten ihren Weg fort. Es begann zu dunkeln und die Nähe des Krieges führte dazu, dass in diesem Jahr 1943 in der Stadt Warschau alle so schnell wie möglich in Rente gingen.

Aleska hatte ihre Arbeit in den Büros der Schweizer Waschmaschinenfirma, wo sie ihre Dienste hatte, beendet und war auf dem Weg zu ihrem vereinbarten Termin.

Mit ihr durchquerten sie mehrere deutsche Soldaten, gelangweilt und desorientiert, die auf der Suche nach einem Ort zum Spaß waren. Einer von ihnen hielt sie an und fragte in gebrochenem Polnisch:

„Kannst du uns nicht sagen, wo wir zu Abend essen werden?

Aleska zuckte die Achseln und setzte ihren Weg fort. Aus dem Fluss kam ein starker Luftstrom und ein Nebel stieg auf, der sich durch die nahegelegenen Straßen ausbreitete.

Beim Überqueren einer der Weichselbrücken, in Richtung Stare Miasto der Bevölkerung, erblickte er eine Militärkolonne, die mit rhythmischen Schritten, erhobenem Haupt und stolz singend auf den Bahnhof zusteuerte.

Aleska schauderte und kuschelte sich in ihren Mantel. Obwohl der Monat Juli war, waren die Nächte kühl. Das Mädchen achtete nicht auf die Leute, die sie ansahen. Sie war siebenundzwanzig und daran gewöhnt. Groß, wohlgeformt und schlank, fiel ihre sportlich-elegante Figur schon in jungen Jahren auf. Ihr rosiges Gesicht mit klassischen Zügen übte eine lebhafte Anziehungskraft auf die Männer aus, die nie aufhörten, ihre tiefblauen Augen und ihre roten und gut gezeichneten Lippen zu loben. Ihr blondes Haar von einem alten Goldton war zu einem Knoten zusammengebunden, der ihr gerade eine statuarische

Ausstrahlung verliehen hatte, die ihr aufrichtiger und entschlossener Ausdruck brach.

Er überquerte die Brücken und steuerte auf den Termin zu, den er vereinbart hatte. Ein Gendarm winkte ihr und zwang sie zum Anhalten. Bewaffnete Soldaten und Truppen wurden in Lastwagen gesehen.

Aleska zeigte ihren Pass und der Gendarm ließ sie nach der Begrüßung passieren. Er hörte einen Bürgerkommentar über einen toten deutschen Soldaten und eine kürzliche Schießerei. Ich schenke ihr nicht viel Aufmerksamkeit, weil ich nur wegen der Verabredung besorgt bin und befürchte, dass der Vorfall sie daran hindern könnte.

Die Altstadt von Warschau mit ihren dunklen, engen Gassen und schmutzigen Gebäuden sah nicht schön aus. Aber das Mädchen ging ruhig weiter. Endlich kam er zu einem tiefen und breiten Restaurant.

Aleska trat in ihn hinein und sah zu ihm herüber. Die Person, die er suchte, schien nicht da zu sein und er setzte sich an einen Tisch und bestellte eine Tasse schwarzen Tee. Die Kundschaft bestand fast ausschließlich aus Polen, darunter auch einige deutsche Uniformen.

Der große Tresen, auf dem eine riesige Kaffeekanne stand, war voller Menschen.

Kellner in alten Kostümen schritten von Tisch zu Tisch und bedienten die Kundschaft. Zigarrenrauch und das Gemurmel von Gesprächen sorgten für eine dichte Atmosphäre.

Plötzlich öffnete sich die Tür zur Straße, und ein junger Name, ungefähr 23 Jahre alt, bekleidet mit einem ledernen Regenmantel und mit einem Schlapphut bedeckt, betrat das Lokal und näherte sich der Theke. Aleska sah ihn kaum an und behielt ihren Tee im Auge. Der Mann sah sich im Laden um und lehnte sich dann gegen die Theke. Er nahm eine Zigarette aus einer Schachtel, zündete sie sich vorsichtig an und wedelte mit dem Streichholz in der Luft.

Sekunden später betrat ein anderer Mann das Restaurant. Er war groß und stark und sah elegant aus. Er würde ungefähr zweiunddreißig Jahre alt sein. Sie trug einen um die Taille geschnürten Ledermantel und hatte nacktes blondes Haar. Seine markanten Züge waren von Energie und Kühnheit geprägt, verhüllt von einem bitteren und konzentrierten Ausdruck. Seine männlichen Züge hätten ihn immer als gutaussehenden Mann hervorgetan. Seine klaren Pupillen hatten einen geraden und festen Blick. Sein gebräunter Teint deutete auf einen Mann hin, der an das Leben im Freien gewöhnt war, und etwas an ihm verriet den Berufssoldaten.

Er näherte sich dem Tisch, an dem das Mädchen saß. Er lächelte und streckte seine Hand aus.

Hallo Aleska.

Sie antwortete mit zuckenden roten Lippen:

Hallo Stanislas.

Der Neuankömmling setzte sich an den Tisch und bestellte einen Drink. Er saß mit dem Gesicht zur Tür neben dem Mädchen und vergrub die rechte Hand in der Manteltasche. Der andere Mann war an der Theke in derselben Position.

»Tut mir leid, wenn ich zu spät komme«, sagte Stanislas, »aber die Polizei verlangte Unterlagen.

Aleska nickte.

"Ich habe sie gesehen. Ich hatte Angst, dass Sie nicht zum Termin kommen würden.

Der Mann lächelte und starrte sie mit schlecht verborgener Zärtlichkeit an.

„Es würde viele Soldaten brauchen, um mich daran zu hindern, dich zu treffen.

Das Mädchen spielte einen Moment mit ihrer Zigarette und fügte dann hinzu:

„Bei Gott, Stanislas, entblöße dich nicht nutzlos.

„Glaubst du, dich zu sehen, ist eine nutzlose Sache?

Aleska sah einen Moment nach unten. Er reagierte langsam und rief schließlich aus:

„Unsere Freundschaft ist groß und aufrichtig genug, um zu verstehen, dass es eines Tages vielleicht unmöglich sein wird, zu kommen.

"Freundschaft?

Stanislas' Frage war so direkt, dass das Mädchen nicht wusste, was sie antworten sollte. Dann sagte er noch einmal:

„Schließlich bin ich Ausländer.

Der Pole nickte.

„Zum Glück sind Sie Ausländer und als Schweizer müssen Sie sich keiner Seite anschließen. In Zeiten wie diesen ist es für eine Frau ein Glück, sich aus allem heraushalten zu können, was passiert.

Aleska zuckte die Achseln.

„Wie auch immer, ich bin hier und eine Freundschaft schließt sich dir an.

„Freundschaft?" sagte Stanislas noch einmal.

Zum zweiten Mal antwortete sie nicht. Gesprächswechsel, und ihn starr ansah, fragte:

„Was hast du vor, wenn das vorbei ist?

Er zuckte mit den Schultern.

„Zunächst einmal weiß ich nicht, ob das jemals enden wird und ob ich am Leben sein werde. Aber ich kann Ihnen versichern, dass ich nicht mehr für die Zukunft plane. Ich glaubte, dass die Umstände mein Leben nicht verkürzen konnten. Kapitän Stychel von der polnischen Kavallerie war sich seiner selbst sicher. Dann brach der Krieg aus und ich musste meine Speerkämpfer gegen die deutschen Panzer führen. Ich hätte nie geglaubt, dass die Umstände mich in diese Situation bringen würden. Nein, ich mache keine Pläne. Ich lebe den Tag und morgen wird Stanislas Stychel tun, was die Umstände erfordern.

Aleska zögerte einen Moment.

„Wenn Sie wollten, könnte ich Ihnen ein Mittel besorgen, um aus Polen herauszukommen und in die Schweiz zu gehen. Dort könntest du dein Leben neu aufbauen oder mit Anderss Truppen marschieren.

Er verneinte mit dem Kopf.

„Ich folge meinem Glück, ohne Pläne zu machen. Die Realität von heute setzt sich durch.

KAPITEL II

AUF DER HUT

Das Komandatur-Gebäude ist eines der größten und ältesten Gebäude in Warschau, es war von Autos umgeben. Die Truppen, die vor dem Gebäude Wache standen, wirkten nervös und unruhig. Es gab zu viele Kategoriemanager, die in der Lage waren, ein nerviges Detail an der Uniform eines Soldaten zu entdecken und ihn mit einer Haftstrafe zu beschuldigen. Wie gute Veteranen hatten sie geahnt, dass dieser Tag nervig werden würde, und polierten ihre Kleider und Metallabzeichen, bis sie glänzten. Die gut geölten Stiefel sahen aus wie ein Empfang.

Mit den Helmen am Kinnriemen gehalten, blieben die Soldaten regungslos stehen, Gewehre auf den Schultern, während wichtige Persönlichkeiten ein- und ausgingen.

Ein Feldwagen hielt vor, gefahren von einem stämmigen Soldaten mit sonnen- und schneebedecktem Gesicht, der die Embleme der Sturmtruppen trug. Der Soldat sprang zu Boden und öffnete die Tür. Ein großer, schlanker Offizier mit vornehmem Aussehen und tadelloser Uniform erschien, gefolgt von einem anderen, jüngeren und sportlich aussehenden Offizier.

Der Erste Offizier erwiderte den Gruß des Fahrers kriegerisch und machte sich auf den Weg zum Hauptquartier. Seine Stiefel glänzten und die Uniform war gut geschnitten und auf seine athletische Figur zugeschnitten. Auf seinen Schulterpolstern trug er die Embleme eines Oberstleutnants. Die geflochtene Mütze bedeckte sein blondes Haar und überschattet sein verwittertes Gesicht mit energischen und männlichen Zügen. Sein Kiefer wirkte aggressiv und dominant. Seine grauen Pupillen hatten einen hochmütigen, geraden Blick. Von seiner Schläfe bis zum Kinn verlief eine Narbe, eine Erinnerung an einen Kampf. Er war erst dreißig Jahre alt und kommandierte das in Warschau stationierte Stoßbataillon. Sein Name Peter von Ritcher repräsentierte den einer alten preußischen Junkerfamilie, ganz Militär, und auch den eines Helden aller Feldzüge der deutschen Armee in diesem Krieg. Er hatte den Leutnantkrieg begonnen, aber er zeichnete sich bald aus und erhielt Orden und Wunden. Die Beförderungen gingen schnell, aber sein Charakter änderte sich nicht im Geringsten, und so wie Leutnant von Ritcher einer der fröhlichsten und elegantesten Offiziere der Berliner Gesellschaft gewesen war, war Oberstleutnant von Ritcher immer noch auf dem Feld und bewahrte sich seine gepflegte Kleidung und aristokratische Manierismen. Das Bataillon, das er befehligte, wäre ihm in die Hölle gefolgt, und es gab keinen Soldaten, der nicht stolz darauf war, ihm zu gehorchen. Oberstleutnant von Ritcher war immer noch auf dem Feld und bewahrte seine gepflegte Kleidung und sein aristokratisches Auftreten. Das Bataillon, das er befehligte, wäre ihm in die Hölle gefolgt, und es gab keinen Soldaten, der nicht stolz darauf war, ihm zu gehorchen. Oberstleutnant von Ritcher war immer noch auf dem Feld und bewahrte seine gepflegte Kleidung und sein aristokratisches Auftreten.

Ihm folgte sein Hilfskapitän Schulz, dreiundzwanzig, der bei Ausbruch der Kämpfe nur Kadett war. Aber er hatte einen guten Lauf und war zufrieden.

Ein Stabsoffizier begrüßte Peter im Gebäude. Von Ritcher nahm seine Mütze ab und fragte:

„Haben sie mich angerufen, um mich über die Versetzung zu informieren?

„Nein, Sir. Dies ist ein wichtiges Treffen. Der General erwartet Sie.

Peter verzog das Gesicht und betrat einen riesigen Raum, der mit Stadtplänen bedeckt war und in dem sich die Chefs aller Garnisonseinheiten versammelt hatten. Ritcher richtete sich vor seinem General auf, einem Mann mittleren Alters, gerade und schroff. Nachdem er Platz genommen hatte, während General Schellenberg sich zum Sprechen bereit machte, begutachtete Peter die versammelten Obersten und Oberstleutnants. Neben dem General stand ein beleibter Offizier mit säuerlicher Miene. Es war Oberst Haller, Polizeichef. Auf der anderen Seite stand ein ergrauter Major mit ausdruckslosen Augen in der Uniform des Generalstabs.

Es war Major Gentzel, Chef des Geheimdienstes, der für die Aufrechterhaltung der über Warschau verteilten Kohorte von Spionen, Gegenspionen, Agenten Provokateuren und Vertrauten verantwortlich war.

Der General räusperte sich und begann zu sagen:

„Die Kriegslage an der Ostfront ist für uns nicht die vielversprechendste. Russische Truppen rücken auf Polen vor, und es ist zu erwarten, dass die Lage hier mit zunehmender Annäherung an Warschau schwieriger wird. Die Truppen der Geheimen Armee werden bereit sein, sich zu erheben, sobald die Russen weit genug entfernt sind, um ihnen zu helfen. Wir wissen, dass sie viel Material per Flugzeug erhalten haben und dass unter den Elementen der Geheimen Armee große Besorgnis herrscht. Andererseits wird diese Unruhe in der Umgebung vermutet. General Bor-Komorowski, der polnische Führer, muss sich auf einen Aufstand vorbereiten. Es ist zu erwarten, dass Angriffe und Sabotageakte zunehmen werden.

„Unsere Situation, so nah an einer herannahenden Front, macht uns zum Kommunikationsknotenpunkt. Wir müssen jedoch verhindern, dass Sabotage und Angriffe den Transport von Truppen, Lebensmitteln oder Munition unterbrechen können. Schaue unermüdlich zu und halte deine Kraft für jedes Event bereit.

„Im Falle eines Aufstandes wurde jedem ein Sektor der Stadt zugewiesen, mit Ausnahme von Oberstleutnant von Ritcher, der mit seiner Einheit auf die Stelle der größten Gefahr marschierte oder durch die ein Angriff erforderlich war. Aber wir werden alle die Altstadt verlassen, um uns in Richtung Stadtrand zurückzuziehen. Dann würden wir die Bevölkerung angreifen. Wir sind nicht daran interessiert, Widerstandsnester zu hinterlassen, die unsere Zahl verringern und zu nutzlosen Opfern führen würden. "Der General machte eine Pause und fügte dann hinzu", wird Major Gentzel Sie ansprechen.

Der undurchschaubare Offizier stand auf und begann zu sagen:

„Die Agenten und Vertrauten, die wir unter den polnischen Geheimtruppen haben, teilen uns mit, dass es viel Aktivität unter ihnen gibt. Ereignisse werden von einem Moment auf den anderen erwartet und sie haben zahlreiche Waffen erhalten. General Bor-Komorowski scheint in Warschau zu sein, aber wir haben noch nichts erreicht. Wir sind auch daran interessiert, einen polnischen Oberst ausfindig zu machen, der den Spitznamen "SS-Oberst" trägt. Dies sind die Daten, die wir haben und die bestätigen, dass sich von einem Moment zum anderen, abhängig von den Kriegsereignissen, der Aufstieg der geheimen Truppen entwickeln wird.

Major Gentzel schwieg, und der General sagte zum Schluß der Versammlung:

„Sie erhalten die Befehle, die sie befolgen müssen, rechtzeitig. Dreimal täglich werden sie dieses Kommando kontaktieren, um sie über Neuigkeiten zu warnen. Guten Morgen.

Die Offiziere standen auf und bereiteten sich auf die Abfahrt vor. Ritcher näherte sich dem General und hielt sich fest. Er lächelte und streckte seine Hand aus.

„Hallo, Peter", sagte er vertraut. Obwohl ich es kaum traue, Sie so vertrauensvoll zu behandeln. Sie sind ein richtiger Oberstleutnant. Haben Sie einen Brief von Ihrem Vater bekommen?

„Ja, mein General. Er befehligt weiterhin sein Armeekorps in Russland. Ich würde gerne dorthin zurückkehren, Sir.

Schellenberg schüttelte den Kopf.

„Ich habe Ihre Bitte gesehen, kann mich aber nicht darum kümmern, Warschau, Sie haben sie schon gehört, sie ist für uns von großer Bedeutung. Dies ist fast die Vorderseite und ich bin daran interessiert, Sie hier zu haben. Sie haben sich auf Schläge und Öffnungen spezialisiert. Sie sind ein praktischer Offizier in gefährlichen

Operationen, und dies hier wird genau die Art von Krieg sein, die Sie kennen. Nein, Peter, du bist nicht hinten.

Ritcher seufzte.

„Wie befohlen, mein General. Aber ich bin nicht gern Polizist.

Oberst Haller, der das Gespräch belauscht hatte, rief aus:

„Bald geht es nicht mehr um die Polizei, Ritcher, sondern um die Soldaten. Bemerken Sie in der Umgebung nichts Seltsames?

Peter nickte.

KAPITEL III

UNTER DEN SCHATTEN DER NACHT

Warschau ruhte unter dem bedeckten Himmel. Der Mond hatte sich hinter den Wolken versteckt und eine dicke Dunkelheit lag über der Stadt. In der Ferne, zur russischen Grenze hin, erstreckten sich die Kriegsstraßen, und nachts pfiffen die Truppentransportzüge.

Am Stadtrand von Warschau, abseits der Patrouillen, lag ein dichter Wald. Die Pfade zwangen uns, im Gänsemarsch zu marschieren oder durch die Bäume verstreut. Er war leicht zu überfallen, aber ab und zu rannten deutsche Truppen auf ihn los und suchten nach Partisanen oder Flüchtlingen.

Drei Männer erschienen auf dem Boden liegend, Gewehre auf Armeslänge. Ihre Zivilkleidung verriet sie als Angehörige der polnischen Geheimarmee.

Die drei Männer schwiegen und starrten in die Ferne. Etwas weiter entfernt standen drei andere hinter einer dicken Eiche Wache.

Die Wachposten wurden ausgebaut, um vor Gefahr Alarm schlagen zu können.

Im Wald ragten die Umrisse eines riesigen und düsteren Gebäudes auf. Es sah aus wie ein verlassenes Bauernhaus. An der Tür gingen zwei MÄ¤nner mit Maschinenpistolen an den Armen stumm auf und ab und hielten Ausschau nach Gefahren.

Eine große Anzahl von Männern war im Inneren des Gebäudes versammelt. Der von Petroleumlaternen erleuchtete Raum schien hermetisch geschlossen zu sein, ohne dass der grelle Lichtschein durch eine einzige Öffnung drang.

Die Menschen, die sich dort versammelten, waren von sehr unterschiedlichen Bedingungen. Manche waren älter, hartnäckig und entschlossen, als wären sie Fabrikarbeiter oder Bauern am Stadtrand von Warschau. Andere sahen aus wie Angestellte verschiedener Firmen.

Einer zeichnete sich durch seine elegante Kleidung und seine vornehme Art aus.

Über ihren Mänteln und Regenmänteln trugen sie Patronengürtel und auf den Schultern trugen sie ein Gewehr oder eine Maschinenpistole.

Andere waren jung und kräftig, und einige, in beträchtlicher Zahl, fast Kinder. Aber sie alle hatten einen entschlossenen und energischen Ausdruck.

In der Mitte des Raumes standen drei Männer. Einer von ihnen war Stanislas Stychel. Zu seiner Rechten stand Noraczewski und zu seiner Linken ein hartgesottener grauhaariger Mann. Er war ein ehemaliger Unteroffizier der Ulanen, während des Friedens Metallarbeiter. Es heißt Dmowaki.

Er verkündete mit kommandierender Stimme:

"Colonel S. S. wird sie überprüfen. Bereiten Sie sich vor.

Dann nickte er seinem Vorgesetzten zu.

„Danke, Herr Major.

Stanislas näherte sich den Männern und untersuchte die Waffen. Mit einer natürlichen Geste zeigten sie ihm das Gewehr oder die Maschinenpistole und dann die Ausrüstung, die sie besaßen. Stychel korrigierte die Mängel, die er entdeckte, oder gratulierte dem Mann, dessen Waffen in Ordnung waren.

Dmowaki tadelte nach den Beobachtungen des Obersten Firmenchefs.

Stanislas erinnerte sich aus irgendeinem Grund an die Veränderung in seinem Leben in diesen Jahren. Während Polens kurzer, aber überwältigender Kampagne hatte er Petty Officer Dmowaki getroffen, einen Freiwilligen der ersten Stunde. Sein Antrieb und seine Entschlossenheit beeindruckten ihn. Später, als die Armee geschlagen und zerstreut wurde, als die Organisation der geheimen Truppen begann, die zunächst nur Banden verzweifelter Leute oder Plünderer waren, gelang es ihnen, den Unteroffizier wieder ausfindig zu machen.

Nach und nach sammelten beide ihren Abschluss und ihre Erfahrung. Dann war Dmowaki älter und sein zweiter Kommandant dieser Gruppe von Kämpfern.

Die lang ersehnte Stunde des Aufstands gegen die Besatzungstruppen schien sich zu nähern. Aber in Stanislas' Seele war nur eine Wolke. Der Aufstand könnte einen schlechten Ausgang haben oder ein Abenteuer sein, bei dem niemand wusste, was er enthüllte. Was würde aus Aleska werden?

Er fuhr sich mit der Hand über die Stirn, um diese Gedanken abzuwehren. Nur die Pflicht sollte ihm wichtig sein. Der Rest hatte mit ihnen nichts gemein. Sie waren Angehörige einer Armee und mussten in ihrer Disziplin leben.

Nachdem er die Truppe überprüft hatte, stellte er sich in die Mitte und musterte seine Untergebenen.

„Jungs", begann er zu sagen, „weißt du, weil man an der Atmosphäre sehen kann, dass die russischen Truppen auf Polen vorrücken. Das Herz unserer Heimat ist Warschau, und wir sind daran interessiert, es selbst zu besetzen, bevor sie es tun. Wenn sie sich der polnischen Grenze nähern, werden wir uns mit den Waffen erheben und die Hauptstadt besetzen. Dann werden wir alle Partisanenkräfte Polens zu einer neuen Armee versammeln. Die Stunde naht. Seien Sie vorbereitet. Während dieser Zeit werden Taten von Sabotage und Angriffe können zunehmen Fast alle von Ihnen haben Erfahrung in diesen Angelegenheiten, aber Sie müssen sie gründlicher kennen.

Langes Schweigen trat ein, und nach kurzer Zeit trat ein hagerer Mann im Pelzmantel vor.

„Sie sprechen, Kapitän", forderte Stychel auf.

„Mein Oberst, wir haben Gewehre und leichte automatische Waffen, die für Angriffe und Nahkämpfe sehr nützlich sein werden. Aber im Falle eines Aufstands werden wir schweres Gerät und Begleitwaffen brauchen. Ich nehme an, Sie haben bereits darüber nachgedacht, aber ich denke, es ist meine Pflicht, dies zu sagen.

Stanislas nickte.

„Es ist geplant. Diese Bewaffnung existiert und alles ist im richtigen Moment zur Verteilung bereit. Denken Sie daran, dass Sie gemacht wurden, um die Handhabung zu lernen.

Der Kapitän senkte den Kopf und antwortete:

»Tausend vielen Dank, mein Colonel.

Stychel fuhr fort:

„Die Warschauer Garnison besteht nicht wie vor langer Zeit nur aus Ordnungstruppen und Polizei. Die deutsche Führung, die ihr Handwerk versteht, hat die schwierige Situation verstanden, in die ein russischer Vormarsch sie bringen würde, und hat sie mit Fronttruppen verstärkt, darunter ein erfahrenes und erfahrenes Stoßbataillon. Dies sollte uns am meisten beunruhigen. Sie sind Männer, die an Nahkampf- und Überraschungsangriffe gewöhnt sind. In einer Stadt würden sie mit dem gleichen Vorteil kämpfen wie wir. Auf der anderen Seite hat ihr Chef, Oberstleutnant von Ritcher, den Ruf, mutig und wagemutig zu sein. Es scheint, dass er seinen Truppen beibringt, die Stadt gründlich zu kennen, damit ihnen nichts entgehen kann. Wir müssen mit diesem Mann vorsichtig sein. Versuchen Sie, ihn sofort zu erkennen.

Ein anderer Offizier trat vor.

„Wie können wir das machen, mein Oberst?

„Sein Name ist Peter von Ritcher. Es wird etwas jünger sein als ich. Groß, stark und sportlich. Er ist ein gelassener Mann, der seinen Gesichtsausdruck nie verändert. Versuchen Sie, die Ausbildung seiner Truppen oder die Wachablösung mitzuerleben. Es ist immer da. Gravieren Sie seine Züge ins Gedächtnis, wenn der Befehl gegeben wird, ihn zu unterdrücken.

Alle nickten stumm. Durch die Köpfe der dort versammelten Männer ging das Bild von sich selbst vorüber, wie sie mitten auf der Straße kämpften und gegen die Eindringlinge kämpften.

Stanislas fügte hinzu:

„Geh jetzt zurück zu deinen Häusern und sei vorbereitet.

KAPITEL IV

SENTIMENTELLER INTERMEDIATE

Am Sonntag schien eine Sommersonne.

Die Bäume hoben ihre grünen Zweige in den Himmel. Nichts schien darauf hinzuweisen, dass die Truppen weit entfernt kämpften und sich gegenseitig töteten. Nur ab und zu war ein fernes, gedämpftes Gemurmel zu hören. Es waren die schwerkalibrigen Geschütze.

Stanislas und Aleska gingen durch den Wald, sahen sich an und lachten. Sie hatten beschlossen, Warschau an diesem Sonntag zu verlassen und sich auf dem Land auszuruhen.

Aleska lächelte und betrachtete das Panorama.

"Es ist ganz anders als in der Schweiz", sagte er.

Stanislas nickte.

„Polen ist anders als alle anderen Länder, die es umgeben. Vielleicht nur bis in die Grenzgebiete Ostpreußens und Russlands. Aber es ist anders. Es hat etwas, das uns auch anders macht.

Das Mädchen nickte.

„Und wo werden wir essen?

„Hier in der Nähe gibt es eine Herberge, in der es uns gut geht.

Aleska zögerte einen Moment.

„Wäre es nicht besser, auf dem Land essen zu gehen?

Aber er bestand darauf.

„Wir werden dort besser sein.

Sie folgten einen Moment schweigend, als ob sie sich über die Sturheit des jungen Mannes geärgert hätte. Nach kurzer Zeit lächelte das Mädchen.

„Ich bin überzeugt, dass es uns sehr gut gehen wird.

Er nickte.

„Polnische Gerichte werden Ihnen sicherlich fremd sein, aber sie sind dort sehr gut gewürzt. Und wenn Sie in Polen bleiben, müssen Sie lernen, sie zu mögen.

Aleska lachte.

„Zum Glück sind sie Schweizer in der Pension und wir essen weiter zu Hause.

Der junge Mann schwieg für einen Moment.

„Zu Hause", wiederholte er.

Plötzlich wurde eine deutsche motorisierte Kolonne gesehen, die die Straße entlang vorrückte. Die Soldaten sangen, saßen in den Fahrzeugen. Stanislaus betrachtete sie schweigend und beißend in die Worte, rief er aus:

„Wir werden Sie bald aus Polen werfen.

Aleska drehte sich überrascht zu ihm um. Stychel lächelte, als wollte er ihn vergessen lassen, was er gesagt hatte.

Sie waren bereits beim Parador, einem alten Gebäude, eingebettet zwischen Bäumen, nicht weit von der Straße. Der Besitzer, eine entschlossene und lächelnde alte Frau, stellte sie an einen Tisch und bereitete sich darauf vor, ihnen das Essen zu servieren. Der Kellner kam bald.

Unter der Kundschaft befanden sich ein paar deutsche Offiziere und einige Soldaten, die sich mit einigen Mädchen unterhielten.

Stanislas schwieg. Sie hatten ein paar Gläser Schnaps und dann wurde das Essen serviert. Die beiden jungen Männer lachten und unterhielten sich lebhaft, als ob nichts passierte. Aber man konnte in ihrer Einstellung sehen, dass etwas zwischen sie gekommen war. Sowohl Stanislas als auch Aleska wirkten besorgt und nervös, teilweise ohne die Gesellschaft des anderen zu bemerken.

Plötzlich schlug Stanislas vor:

„Lass uns spazieren gehen, okay?

Die beiden jungen Männer verließen schweigend das Gasthaus. Stanislas zündete sich eine Zigarette an und blickte auf die grüne Ebene, die sich in der Ferne erstreckte. Um die Häuser herum gab es nur Wiesen, Wiesen und Bäume. Aber seine Männer und Partisanengruppen, die die deutschen Truppen drangsalierten, versteckten sich darin.

Dann drehte er sich um, um Warschau anzusehen. Die Dächer der Gebäude ragten in den Himmel. Die bekannten Kuppeln der Kathedrale St. Johann ragten über alle anderen heraus.

Dies sollte sein Schlachtfeld sein.

Er drehte sich zu dem Mädchen um und bemerkte, dass sie ihn ansah. Diese blauen Augen berührten ihr Herz. Er spürte wieder die Aufregung, die er am ersten Tag, als er Aleska gesehen hatte, erlebt hatte.

Sie hätte erraten können, was er fühlte, denn sie lächelte und legte ihre Hand auf den Arm des jungen Mannes.

Stanislas nahm seine Hand und rief:

„Aleska, ich weiß nicht, was passieren wird.

„Weil du das gesagt hast?

Er zuckte mit den Schultern.

„Krieg ist ein Abenteuer und niemand weiß, wie er enden wird.

Nach einer kurzen Pause, wie um die Worte gut zu betonen, fügte das Mädchen hinzu:

„Aber du bist nicht im Krieg. Dieser ist für Sie abgeschlossen.

Er lenkte das Gespräch um.

„In Polen herrscht Krieg und es ist nicht leicht zu wissen, was passieren wird. Eines möchte ich Sie also wissen lassen, falls etwas passiert.

Aleska hob den Kopf, zwischen neugierig und verängstigt.

"Was ist es?

Stanislas schüttelte dem Mädchen die Hand fester und sagte dann:

„Aleska, es ist nicht schwer zu erkennen, was mit mir passiert. Ich habe mich in dich verliebt.

Aleska fixierte ihn voller Zärtlichkeit mit ihren blauen Pupillen.

"Das ist wahr?

„Ja, Aleska", antwortete er und näherte sich. Ich liebe dich von ganzem Herzen.

Das Mädchen sah ihn schweigend an und murmelte dann mit erhobenen Armen:

„Stanislas, meine Liebe.

Sie umarmten sich leidenschaftlich, während sie ihren Kopf auf die Schulter des jungen Mannes legte. Stychel küsste ihre Wangen und murmelte:

„Ich möchte Ihnen das Beste der Welt bieten und kann weder sagen noch an die Zukunft denken.

Das Mädchen küsste ihn auf den Mund und fügte hinzu:

„Sprich nicht über die Zukunft. Du hast recht. Krieg ist ein ungewisses Abenteuer.

Gemeinsam kehrten sie zum Gasthaus zurück. Sie blieben am Tisch sitzen, sahen sich in die Augen und lächelten. Ihre Hände waren verbunden und alles war ihnen fremd.

„Zum Glück", sagte der junge Mann noch einmal, „gehören Sie einer neutralen Nation an und nichts davon kann Sie berühren.

Sie tadelte ihn liebevoll:

„Wir haben uns entschieden, überhaupt nicht über die Zukunft oder die aktuellen Umstände zu sprechen. Erinnere dich dran.

Der junge Mann nickte und seine Pupillen wurden plötzlich hart. Instinktiv folgte sie Stychels Blick. Noraczewski war mit einem Kleinwagen im Gasthaus angekommen. Lächelnd näherte er sich dem Tisch und begrüßte die beiden jungen Männer.

„Was für ein Zufall, dich hier zu finden", sagte er.

Stanislas nickte.

"Wie geht's?

„Ich bin gekommen, um einen Cousin von mir zu suchen, und ich kehre dorthin zurück; Warschau. Wenn du willst, nehme ich dich mit.

Stychel nickte.

KAPITEL V

VOR DER WIRKLICHKEIT

Auf ein Zeichen von Major Gentzel hin öffnete der Pfleger die Tür. Der Soldat lächelte leicht, stand auf und streckte die Hand aus.

„Setzen Sie sich, Fräulein.

Aleska verneigte sich dankend und gehorchte. Das Büro des Geheimdienstchefs war dunkel. Die Straße war noch immer von Passanten und Schaulustigen belebt. Aber auch in diesem Zimmer war alles verhüllt und verborgen, als ob das Geheimnis, in dem sie arbeiteten, sie von der Welt isoliere.

Major Gentzel wischte sich einen Fleck von seiner ordentlichen Uniform und fragte dann:

„Willst du mich sehen?

Aleska brauchte einen Moment, um zu antworten.

„Ja", sagte er schließlich. Ich habe Ihnen wichtige Berichte mitzuteilen.

Gentzel holte eine Seite und einen Stift heraus und bereitete sich darauf vor, sie aufzuschreiben.

„Sagen Sie, Miss. Ich werde die Anmerkungen selbst machen. Ich möchte nicht, dass sie hier jemand sieht. Sie leisten eine sehr nützliche Arbeit.

Aleska drehte sich zu den einfachen Möbeln in diesem Büro um und sagte sich, dass dies die Realität war. Nur dieser schlichte und schlichte Raum zählte.

„Ich weiß, dass die geheimen Kräfte etwas Wichtiges vorbereiten.

Gentzel nickte und fügte hinzu:

„Wir gehen in Teilen. Zunächst einmal, woher weißt du das?

Sie erklärte mit einem teilnahmslosen Gesicht:

„Ich war den ganzen Tag in der Gesellschaft von Stanislas Stychel. Wir redeten und er gab mir zu verstehen, dass Ereignisse kommen würden.

Gentzel machte sich ein paar Notizen und fragte noch einmal:

"Welche Art? Es können Angriffe sein oder ein Wiederaufleben von Sabotageakten.

Sie schüttelte den Kopf.

„Ich neige dazu zu glauben, dass es um etwas Wichtigeres geht.

Gentzel nickte.

„Also ein Aufstand? Interessant.

„Denk dran", unterbrach Aleska, „das ist nur ein Eindruck von mir.

„Ihr Feedback war immer sehr hilfreich. Und die Idee eines Aufstands ist nicht unvernünftig.

"Da ist noch etwas", fuhr sie fort und bezog sich auf Stanislas' Interesse, in diesem Gasthaus zu bleiben, und das unerwartete Erscheinen von Noraczewski, um ihn nach Warschau zu bringen.

Gentzel zündete sich eine Zigarette an, nachdem er Aleska eine weitere angeboten hatte, und schwieg einen Moment.

„Diese Daten sind interessant", sagte er schließlich. Über einen anderen Kanal hatten wir die Zuversicht, dass die Ankunft eines wichtigen Häuptlings erwartet wurde. Obwohl wir nicht genau wissen, welcher Boss derjenige ist, der ankommt. Wir wissen nicht, ob es General Komorowski oder Oberst SS ist." Er hielt wieder inne und fragte dann:

"Sie haben keine Ahnung?

Aleska schüttelte den Kopf.

„Nein, ich konnte diesen Colonel auch nicht identifizieren.

Gentzel fummelte einen Moment an der Feder herum und rief dann aus:

„Natürlich ist es nur eine Berechnung oder eher eine Vermutung, aber könnte der SS-Oberst nicht Ihr Freund Stanislas Stychel sein? Es hat die gleichen Initialen.

Aleska zuckte unbeeindruckt mit den Schultern.

„Ich ignoriere es.

»Nun, wir lassen Sie trotzdem gehen, und Sie versuchen herauszufinden, was Sie können. Seine Arbeit ist immer noch so großartig wie immer.

* * *

Aleska trank in ihrer Wohnung die Tasse schwarzen Tee aus, die sie zum Abendessen bestellt hatte, und streckte sich auf dem Bett aus. Er wollte nur die Augen schließen und auf die Ereignisse warten. Sein Wille umsonst, zählte er, angetrieben von zwei verschiedenen Kräften, wie Pflicht und Liebe.

Sie war als Agentin des Geheimdienstes ihres Landes nach Warschau gekommen und hatte sich als Schweizerin ausgegeben. Er hatte dort studiert und dann über den Geheimdienst eine Anstellung in Luzern bekommen. Dort hatte er seine Karriere als Agent begonnen. Sie war eigentlich eine Spionin. Nie zuvor war das berüchtigte Wort wiederholt worden, aber in diesem Moment erkannte er, was es wirklich war.

Als der Konflikt ausbrach, wollte sie Deutschland irgendwie dienen, und es schien ihr nicht genug, als Krankenschwester oder als Telefonistin bei der Bundeswehr einzusteigen. Es gab viele Frauen, die das konnten. Aber sie gehörte zu einer Soldatenfamilie und wollte als eine von ihnen dienen. Er hatte keine Angst und er war klug. Der Abwehr angeboten.

Ihre Verwandten hatten ihr davon abgeraten, aber sie blieb hartnäckig. Einmal eingelassen, erinnerten dieselben Verwandten, allesamt Soldaten, sie daran, dass Pflicht vor allem persönliche Rücksichtnahme bedeute. Von der Schweiz aus ging er, nachdem er einen Spionagering entdeckt hatte, nach Frankreich und dann auf den Balkan. Schließlich schickten sie sie nach Warschau mit der Aufgabe, alles herauszufinden, was mit der Geheimen Armee zu tun hatte.

Sie hatten ihm Schweizer Unterlagen und einen Job bei einer Schweizer Firma gegeben, um Auftritte zu decken. Der Rest lag in seinen Händen. Major Gentzel kannte sie schon lange und schätzte sie sehr.

Es ließ ihm auch völlige Freiheit in seinen Bewegungen und erinnerte ihn daran, dass er immer gewusst hatte, wie man erfolgreich war. Mit den Berichten, die die Abwehr geliefert hatte, schloss sich Aleska den Nationalisten an.

Der Kampf wurde unter den gleichen Bedingungen etabliert. Wenn sie eine Agentin war, die ihre Persönlichkeit verbarg, versteckten sie auch ihre, und während sie vorgaben, einfache Angestellte oder Arbeiter zu sein, versteckten sie die Angriffswaffe in ihrem Haus und warteten auf den Moment, um den Feind anzugreifen. Es kam ständig zu Sabotageakten und Angriffen. Aleska hatte keine Skrupel, gegen die Zivilisten zu kämpfen, die den Soldaten ihrer Heimat den Krieg erklärt hatten.

Eines Tages traf er Stanislas Stychel. Er vermutete, dass er eine wichtige Persönlichkeit in den feindlichen Reihen war, und wurde mit ihm vertraut. Stanislas verbarg seine Meinungen nicht.

Aber als sie intim wurden, erkannte Aleska, obwohl sie es nicht zugeben wollte, dass sie sich in diesen Mann verliebte. Er kämpfte verzweifelt gegen dieses Gefühl.

Er verstand, er liebte sie auch. Und an diesem Nachmittag hatten sie sich ihre Liebe gestanden.

Er hätte ihm sagen sollen, dass er ihn nicht liebte, aber ihm fehlte die Kraft dazu. Und doch hatte er ihn wieder einmal an seine Vorgesetzten verraten.

Vielleicht würde Major Gentzel beschließen, ihn gefangen zu nehmen, und dann mit seiner Erklärung in ein Gefangenenlager gesteckt oder vielleicht als Scharfschütze erschossen werden.

Er bedeckte seine Stirn mit den Händen. Was könnte ich tuen? Wäre es ihr besser gewesen, sich von Stanislas zu trennen, ihn vergessen zu lassen, um ein anderes Schicksal zu bitten? Dies wäre einem Überlaufen gleichgekommen. Oder hätte sie schweigen sollen, was er ihr enthüllte?

Das wäre Verrat gewesen. Verzweifelt vergrub sie ihr Gesicht im Kissen und brach in Tränen aus.

KAPITEL VI

VORBEREITUNGEN

Stanislas ging den schmalen Korridor entlang, angeführt von einem großen, muskulösen Mann in seinem Lederregenmantel. Er musste seine Unterlagen vorzeigen und das durchzulassende Passwort angeben.

Endlich kamen sie zu einem großen Keller, an dessen Tür zwei Männer in Zivil mit automatischen Waffen Wache standen.

Stychels Eskorte grüßte den Kopf der Wache und verkündete: "Oberst SS

Der Wachchef überprüfte die Identität des Neuankömmlings und lächelte dann entschuldigend:

„Man muss viele Vorkehrungen treffen.

„Ich verstehe", sagte Stanislas.

Kurz darauf betrat er einen großen, schlecht beleuchteten Keller. Dort hatten sich mehrere Männer versammelt.

Sie waren alle in Zivil gekleidet, trugen einige Mäntel mit Pelzkragen, die vom Gebrauch ausgefranst waren, oder lederne Regenmäntel. Sie alle zeigten in ihren Gesichtern die Zeichen eines aktiven und intensiven Lebens voller Gefahren. Ob jung oder im mittleren Alter, sie alle hatten die harte Geste und den geraden, flammenden Blick gemeinsam.

Auch ihre Kleidung entsprach manchmal nicht den markanten Zügen ihrer Gesichter. Viele von ihnen, die schäbige Anzüge trugen, hatten elegante Züge.

In der Mitte stand ein schlanker Mann mit brauner Haut und hellem Haar, einem kühlen, kühlen Ausdruck und einer entschlossenen Miene. Es waren General Bor-Komorowski und die Männer, aus denen sein Stab bestand, größtenteils Chefs der Einheit.

Stanislas setzte sich auf eine Schublade, wie es ihm aufgetragen worden war. Der General stand auf und räusperte sich. Dann sagte er:

„Die Umstände können uns helfen oder uns schaden, je nachdem, wie wir uns verhalten.

Seine trockene, klare Stimme löste bei seinen Anhängern eine Welle der Begeisterung aus. Dieser Mann war ein professioneller Soldat. Oberstleutnant, als die Invasion Polens ausbrach, war er ein obskurer Regimentsführer, der unter den Hunderten von Einheiten vergessen wurde, die an der Doppelfront gegen die Deutschen und die Russen kämpften.

Am Ende des Feldzuges gelang ihm die Flucht in die Gefangenenlager und begann, den heimlichen Kampf vorzubereiten. Nach und nach verliehen seine Heldentaten seiner Figur eine Aura des Heldentums, und die Exilregierung in London erfuhr von der Existenz von Oberst Bor-Komorowski. Er erhielt das Kommando über die Streitkräfte in Warschau Abfolge von Fluchten und Heldentum, bis die beiden Gruppen, die in diesem Gebiet operierten, wieder vereint waren.

Weder seine Figur noch sein Aussehen verrieten seinen Mut und seine Entschlossenheit.

„Wir haben" sagte „konkrete Befehle, den Russen zuvorzukommen und Warschau zu erobern, um eine polnische Armee neben den alliierten Truppen zu präsentieren. Die Truppen von General Anders würden nach Polen transportiert. Aber wir müssen handeln, bevor die Russen die polnische Grenze überschreiten. Deshalb habe ich beschlossen, dass wir uns gegen die Besatzungstruppen erheben.

Unter denen, die ihm zuhörten, gab es eine Begeisterungsbewegung. Keiner dachte an die Gefahren, denen er sich stellen würde. Wenn der General es befahl, würden sie auf dem Weg nach draußen die Komandatur angreifen.

„Wir haben reichlich Material", fuhr Bor-Komorowski fort „und mit genügend Freiwilligen. Vermutlich wird ein Großteil der Bevölkerung, wenn sie oben sind, sich uns anschließen, daher ist es wichtig, Waffen für sie zu haben. Wir dürfen nicht an die Deutschen denken Waffendepots, da General Schellenberg seine Vorkehrungen treffen wird, falls wir die

Stadt übernehmen Am Tag des Aufstands "nach einer Pause fortgesetzt" werden sich die in der Nähe der Stadt operierenden Partisanengruppen in Warschau versammeln müssen ihren Kampf gegen die feindlichen Truppen verstärken, um zu verhindern, dass Verstärkungen der Garnison zu Hilfe kommen.

„Auch in den verbleibenden Tagen werden einige Gruppen verschiedene Aktionen durchführen, die darauf abzielen, die Unterdrückung des Aufstands zu verhindern. Ich werde Ihnen konkrete Befehle erteilen, aber ich kann Ihnen sagen, dass zu diesen Taten der Angriff auf den Chef der deutschen Armee gehört. „Er hielt wieder inne und fügte hinzu:" Er ekelt mich genauso an wie Sie, aber er muss vernichtet werden. Es geht um Oberstleutnant von Ritcher. Ihre Truppen waren bei der Verfolgung unserer Männer sehr effektiv, und dies muss verhindert werden. Ich denke, Colonel S, S. sollte diese Gruppen befehligen.

Stanislas nickte.

„Ich werde tun, was immer Sie anordnen, Sir General.

Bor-Komorowski fuhr fort:

„Der Aufstand wird der 1. August sein. Unser Ziel ist es, die deutsche Garnison lahmzulegen, deshalb ist es zunächst notwendig, alle Verbindungen über die Weichsel zu unterbrechen und dann die Bahnhöfe zu besetzen. Der Aufstand wird im Zentrum des Stare Miasto beginnen, also genau auf dem Marktplatz, auf dem Piekielko-Platz und in der Kathedrale. Von dort fahren sie zu den beiden oben angegebenen Orten. Um die Weichsel durch die Svelna-Straße und durch die Alexanderbrücke zu schneiden, diejenigen, die in den Prager Bezirk gehen. Der erste wird unter dem Kommando von Major H. stehen und der zweite, der für die Verteidigung eines ganzen Viertels verantwortlich sein muss, von Oberst SS

Die angezeigten stimmten zu, Daten in eine Seite aufzunehmen. Dann fuhr der General fort:

„Die Truppen des Obersten „Morgen" werden auf Nowe Miasto in der Miodewa-Straße marschieren. Die größte "Nacht" wird sich um das Krakauer Viertel am Sajorna-Platz kümmern. Die größten Bolis werden in Richtung Nowy Swiat und die Avenue Ujazdow vorrücken. Denken Sie daran, dass es in diesen moderneren Vierteln sehr schwierig sein wird, die Deutschen zu besiegen, die ihre Truppen besser einsetzen können, da die Straßen breiter sind. Aus diesem Grund werden wir die alten Viertel stark machen und dort unsere Stützpunkte errichten. Oberst "Wladimir" wird diese modernen Viertel betreuen.

Er hielt inne und fragte dann:

„Gibt es eine Frage?

Stanislas stand auf.

„Ich würde gerne wissen, ob wir kämpfen müssen, bis die Deutschen Warschau verlassen oder ob es eine Vereinbarung über den Erhalt von Hilfen gibt.

Der General nickte.

„Es gibt eine sehr vage Vereinbarung über Hilfe. Wie ich Ihnen gesagt habe, geht es um die Landung der Truppen von General Anders. Andererseits ist es vorzuziehen, dass wir damit rechnen, die Deutschen zu vertreiben und alle Partisanengruppen in Warschau versammeln zu können. Denken Sie daran, dass Warschau ein Kommunikationsknotenpunkt ist und dass die Deutschen, wenn sie sie abschneiden, keine Truppen zum Kampf gegen die Russen schicken können. Wenn sie sich zwischen zwei Bränden befinden, müssen sie sich ergeben, was nicht einfach ist, oder versuchen, so viele Kräfte wie möglich zu retten und den Sektor zu evakuieren. Nichts mehr. Denken Sie daran, was Sie tun müssen und teilen Sie Ihre Kräfte auf, damit der Schlag nicht verfehlt. Denken Sie daran, dass dies das Schicksal Polens ist.

KAPITEL VII

VOR DEM TOD

Peter summte ein Lied und saß in einem Zelt. Die Nacht erstreckte sich über Warschau. Aufgrund der Nähe der Front war die öffentliche Beleuchtung ausgeschaltet, da die russischen Flugzeuge häufig bombardierten. Durch die dunklen Straßen raste der Wagen auf das Quartier des Oberstleutnants zu.

Jüp, der herkulische Pfleger, führte fröhlich pfeifend das Fahrzeug an. Neben Peter schwieg Kapitän Schulz, sein Assistent. Der junge Offizier war besorgt. Er mochte diesen Service nicht, aber wie sein Chef befolgte er Befehle. Andererseits war er sich bewusst, dass wichtige Ereignisse bevorstanden und fühlte sich nicht an vorderster Front.

Er wäre gerne wie sein Chef gewesen, der seine Gedanken nie schweifen ließ und seine Gelassenheit nie störte.

Wie jede Nacht kehrten sie in die Kaserne zurück, nachdem sie mit anderen Offizieren in einem Nachtclub am Stadtrand übernachtet hatten.

Von Zeit zu Zeit erhellte der Schein der Zigarette, die er rauchte, das Gesicht von Oberstleutnant von Ritcher.

In der Stille der Nacht erhob sich der Motorenlärm, der in das Innere des Viertels vordrang, wo sich die Kaserne erhob.

Stanislas, hinter einer Ecke versteckt, leckte sich die Lippen. In der Tasche seines Lederregenmantels verstaute er die Pistole.

Stychel warf einen Blick auf die Männer, insgesamt zehn, die in kurzer Entfernung hinter den Häusern standen. Eine andere, etwas größere Gruppe wurde so zusammengestellt, dass sie vor dem Eintreffen einer deutschen Patrouille warnen sollte.

Es war der gewählte Moment, um den Angriff auf Oberstleutnant von Ritcher vorzubereiten. Stanislas empfand eine gewisse Abneigung vor dieser Arbeit, aber er erinnerte sich an die Worte des Generals. Dieser Offizier musste aufhören, Gruppen von Partisanen zu fangen.

Hauptmann Noraczewski stand regungslos und stumm neben ihm. Die Polen wussten, dass der Oberst jede Nacht vorbeiging und dass er, als wollte er einer möglichen Gefahr trotzen, seinen Weg nie änderte oder änderte.

Ein Partisan näherte sich und sagte:

„Sir Colonel, es kommt.

Stanislas beugte sich zu seinem Untergebenen vor.

„Sind Sie sicher, dass das Colonel von Ritcher ist?

„Es ist ein deutscher Feldwagen. Wir können uns nicht irren.

"Zustimmen.

Stanislas näherte sich der Straße und sah das Fahrzeug vorwärts rasten. Seine Männer waren stationiert und spannten ihre Waffen. Ein von einem alten Pferd gezogener Karren überquerte in diesem Moment die Straße und ein Rad schien zu brechen. Er wurde angehalten und verhinderte die Durchfahrt, während der Fuhrmann vorgab, mit der Kutsche zu kämpfen.

Jüp wandte sich an Peter und sagte:

„Da steht ein Auto.

"Nun", antwortete der junge Mann. Stehen Sie auf und fragen Sie, ob wir Ihnen helfen können.

Der Pfleger hielt das Fahrzeug an und steckte den Kopf aus dem Fenster. In schlechtem Polnisch fragte er:

„Wir können dir helfen? Was passiert?

Der Mann gab vor, ihn nicht zu hören, drehte sich um und blieb hinter dem Auto stehen.

Stanislas winkte, und ein Partisan drückte eine Maschinenpistole ab. Er rasselte mit der Waffe und besprühte das Auto mit Blei.

Jüp grunzte und rief:

„Sie greifen uns an, mein Oberstleutnant.

Er öffnete die Autotür und schlüpfte heraus, die Maschinenpistole neben sich haltend.

Schulz zog die Automatik und bereitete sich darauf vor, sich den Angreifern zu stellen. Petrus sagte nur:

„Lass uns hinter dem Auto verstecken.

Die anderen Partisanen nahmen ihre Waffen und begannen auf das Auto zu schießen. Stanislas ermutigte sie laut:

„Lass uns gehen, Leute. Beende so schnell wie möglich.

Ritcher stieg aus, ohne die Zigarette von den Lippen zu nehmen. Die Rauchschwaden stiegen zum Himmel auf und das Leuchten der Zigarre erhellte sein Gesicht. Mit der Pistole in der Hand ging er hinter dem Auto in Deckung und begann zu schießen. Schulz neben ihm feuerte weiter auf die Angreifer, die er nicht sah.

Die Partisanen rückten vor und zerstreuten sich, um weniger Ziel zu bieten. Sie versteckten sich hinter Ecken und Geländemerkmalen. Der Oberstleutnant musste so schnell wie möglich getötet werden, da die Schüsse die Aufmerksamkeit der deutschen Patrouille auf sich ziehen würden.

Stanislas erkannte Ritchers schlanke und elegante Gestalt, die er in seinen Umhang gesteckt und von seiner Militärmütze bedeckt hatte. Die Zigarette hing von seinen Lippen und enthüllte ihn im Glühen, aber er feuerte immer noch, als ob er beim Schießtraining wäre.

Plötzlich brach ein Partisan unter Schmerzensschreien zusammen, Jüp zielte mit der Maschinenpistole um eine Ecke und drückte ab. Das Geklapper verschwand, übertönt vom Knall der Waffen. Aber es gab mehrere Schmerzensschreie.

"Bravo, Jüp", rief Peter aus. Jeden Tag hast du ein besseres Ziel.

In der Ferne bewegte sich eine Silhouette, und Peter feuerte zweimal mit der Pistole.

Neben Stychel sackte Noraczewski zusammen, schlug auf eine Schulter. Stanislas bückte sich, um ihn aufzuheben. Von dort mussten die Verwundeten vor dem Eintreffen der deutschen Patrouillen abtransportiert werden.

Ein Partisan nahm eine Granate und warf sie mit voller Wucht auf das Auto. Es gab eine Explosion und die drei Deutschen krachten in das Fahrzeug.

Peter hob den Kopf, um zu sehen, was passiert war. Jüp krümmte sich vor Schmerzen auf dem Boden. Peter beugte sich, ohne die Waffe loszulassen, zu ihm und sagte:

„Schulz, nimm das Maschinengewehr.

Der Kapitän gehorchte und feuerte auf die Partisanen. Richer setzte den Soldaten aufrecht hin.

"Wie geht's dir Junge?

Die Augen des Soldaten verengten sich.

„Sie haben mich verarscht, mein Oberstleutnant. Aber ich habe einiges voraus.

„Beweg dich nicht. Wir werden dich heilen.

Peter setzte sich auf und warf die fast verbrauchte Zigarette zu Boden. Mehrere Partisanen, von den Schüssen des Kapitäns getroffen, lagen am Boden. Richer feuerte zurück.

Ein Partisan näherte sich Stanislas.

„Die Posten warnen, dass sich einige deutsche Patrouillen nähern.

„Es ist okay. Wir werden uns zurückziehen!

Die Nachricht verbreitete sich und die Partisanen entfernten sich mit den Verwundeten, während in der Ferne das Pfeifen der feindlichen Patrouillen erklang.

Peter hob den Kopf. Der Angriff war bereits vorüber. Er holte eine Zigarette heraus, zündete sie an und legte sie dem Verwundeten zwischen die Lippen.

„Ein bisschen ruhig Jüp. Sie sind hier und wir werden dich heilen.

KAPITEL VIII

VIELLEICHT ZUM LETZTEN MAL

Noraczewski richtete sich im Bett auf und fragte:

„Wann kann ich hier raus?

Der Arzt, ebenfalls Angehöriger der Geheimen Armee, lächelte.

„Bald, reg dich nicht auf.

Stanislas begleitete den Arzt zur Tür. Er lächelte.

„Bis zum ersten August wird es vollkommen in Ordnung sein.

Stanislas nickte und schloss die Tür. Dann kehrte er zu dem Verwundeten zurück. Der Kapitän bat:

„Sagen Sie mir die Wahrheit, Colonel.

„Ja, Mann. Dass du mitkommen kannst. Es sind noch drei Tage.

* * *

Peter legte die Hand an sein Visier, als er an dem Sarg vorbeikam, der Jüps Überreste enthielt. Er war gestorben. Sein Ordonnanz, der treue Begleiter seiner Kampfstunden, war für immer fort. Als der Krieg ausbrach, war er sein Verbindungsmann und kommandierte nur eine Kompanie. Sie wollte sich nie von ihm trennen und dann nahm der Tod, der ewige Begleiter des Soldaten, den treuen Jüp. Was Schlachten von der Größe Moskaus und Dünkirchens nicht erreichten, erreichte ein Hinterhalt von Partisanen.

Die Trommeln schlugen, während der Sarg begraben werden sollte. Die traurigen, martialischen Töne von "Ich hatte einen Kameraden" erhob sich über dem Friedhof. Peter, fest, mit der Hand auf dem Visier, verabschiedete sich von seinem Waffenbruder.

* * *

Stanislas sah auf seine Uhr. Aleska war zu spät. Er war in demselben Restaurant, in dem sie sich früher trafen, und obwohl ihm befohlen worden war, nicht allein auszugehen, war er gekommen, um sie zu treffen. Der Kapitän stand nicht auf und wollte nicht, dass jemand anderes sie kannte.

Der junge Mann erkannte, dass es für das Mädchen gefährlich sein könnte, diese engen Gassen zu überqueren, so aufgeregt sie auch waren. Man konnte sie für Deutsch halten und in den Tagen zuvor hatte es mehrere Auseinandersetzungen gegeben. Aber er konnte nicht länger bleiben, ohne sie zu sehen.

Die Tür ging auf und Aleska betrat lächelnd das Restaurant. Der junge Mann schüttelte ihm die Hand.

„Lass uns hier verschwinden", schlug er vor. Die Atmosphäre ist sehr aufgeladen.

Sie nickte und gemeinsam gingen sie auf die Straße. Die Gebäude der Altstadt standen dicht beieinander und verhinderten die Durchfahrt von Fahrzeugen. Stanislas sagte sich, dass es dort leicht sein würde, die deutschen Truppen zu bekämpfen.

Plötzlich spürte er, wie die Hand des Mädchens auf seinem Arm ruhte. Er drehte sich zu ihr um und lächelte sie an.

„Was ist los?", fragte Aleska. Du scheinst besorgt zu sein.

Stanislas lächelte.

„Mir passiert nichts.

Schweigend setzten sie ihren Weg fort, bis sie ein weiteres Restaurant erreichten, das fast leer war. Ein Kellner in einem abgenutzten Frack setzte sie an ein Ende des Zimmers.

Sie sahen einander schweigend lächelnd an. Aleska hob die Hand, um ihre Wange zu streicheln.

„Warum sagst du mir nicht, was du hast?

Der junge Mann betonte sein Lächeln und schüttelte den Kopf.

„Mir passiert nur nichts. Alles ist deine Figur.

Der Kellner servierte ihnen die Getränke, ohne sich dessen bewusst zu sein, was nicht seine Aufgabe war.

Aleska strich sich über die Stirn und sagte:

„Du scheinst besorgt zu sein. Du hast einen starren Blick, als ob dich etwas besessen hätte.

Der junge Mann schüttelte den Kopf.

„Nun ja: Ich mache mir Sorgen um den Krieg. Niemand weiß, wie es enden wird.

Sie lächelte.

„Damit kann ich Sie nicht entlasten. Ich weiß nichts über Kriege oder militärische Dinge.

Stanislas nickte.

„Darüber bin ich sehr glücklich. Seit meiner Kindheit habe ich nichts anderes getan, als mich mit militärischen Angelegenheiten zu befassen. „Er hielt inne und fügte hinzu:" Das einzige, was wirklich zählt, ist, dass ich dich sehr liebe.

Aleska lächelte und näherte sich ihm.

"Ich auch, Liebling. Ich hatte nie daran gedacht, nach Warschau zu kommen und konnte mir nicht vorstellen, dass ich hier mein Herz geben würde.

Der junge Mann schüttelte ihm die Hand und fügte dann hinzu:

„Aber ich mache mir Sorgen, dass ...

Sie bedeckte seinen Mund mit ihren Händen.

„Sie sollten sich um nichts kümmern. Wir lieben uns und sind glücklich. Der Rest sollte nicht einmal erwähnt werden.

Die Stunden vergingen langsam zwischen ihnen. Stanislas konnte sich nicht vorstellen, dass es das letzte Mal war, dass sie sich gesehen hatten. Innerhalb von drei Tagen würden sie sich gegen die deutsche Garnison erheben und kämpfen, bis sie die Stadt eroberten. Er konnte nicht an sie denken, bis er gewonnen hatte. Während der Schlachten, die dem Aufstand folgten, konnten viele Dinge passieren und er könnte sterben. Aber es war das Glück der Soldaten.

Er würde Aleska nichts von dem Aufstand erzählen, auch nicht von der Gefahr, die passieren könnte. Er würde bereits herausfinden, was geschah.

In den nächsten drei Tagen würde er zu beschäftigt sein, um sie zu sehen und sollte seine ganze Aufmerksamkeit auf die bevorstehenden Ereignisse richten.

Aber der Gedanke, dass dieses Interview vielleicht ein Abschied war, auch wenn sie es ignorierte, drückte ihr Herz wie ein Stein. Er schloss die Hände des Mädchens fest und versuchte, ihr Unbehagen zu kontrollieren. Er brauchte nur an die Arbeit zu denken, die ihn erwartete. Er kannte ihre Bedeutung und wollte nicht versagen.

Endlich erkannten sie die späte Stunde und Aleska warnte:

„Es wäre praktisch für mich, nach Hause zu gehen. Es ist spät und die deutschen Patrouillen verlangen die Unterlagen.

Stychel nickte. Er stand auf und legte ein paar Münzen auf den Tisch. Dann nahm er das Mädchen am Arm und ging auf die Straße.

Sie fuhren einen Moment schweigend fort. Schließlich rief der junge Mann aus:

„Aleska, ich muss Warschau verlassen. Ich rufe Sie an, sobald ich zurück bin.

Das Mädchen nickte. Der Pole sagte noch einmal:

„Der Krieg ist ganz in der Nähe von Warschau. Wenn etwas passiert, was auch immer es ist, suchen Sie Zuflucht bei der Botschaft Ihres Landes.

Aleska sah ihn erstaunt an.

"Was kann passieren?

Er entschuldigte sich:

„Wenn die Deutschen zurückfielen und die Stadt unbewacht wäre, würden die Unerwünschten plündern. Während der Bombenanschläge ist es auch möglich, dass sie dies tun. Versprichst du mir, dass du vorsichtig sein wirst?

"Natürlich.

Sie hatten die Nähe der Pension erreicht, in der sie wohnte. Der junge Mann küsste sie auf die Wange und sah ihr dann nach, bis sie sich im Schatten der Nacht verlor. Er musste so schnell wie möglich erfolgreich sein, um zu ihr zurückkehren zu können. Vielleicht, sagte er sich, würde er sie nie wiedersehen. Er bemühte sich, alles außer dem bevorstehenden Aufstand aus seinem Kopf zu reißen.

KAPITEL IX

DIE NACHT AM 1. AUGUST

In dieser Nacht schlief in vielen Warschauer Häusern niemand. Andere setzten ihr Leben wie gewohnt fort und verstanden nicht, was auf sie zukam.

Aber in vielen Häusern versammelten sich Frauen und Kinder um die Bilder und beteten für die Männer, die ihre Häuser verließen und zum Stare Miasto marschierten.

Viele Rebellen gingen nicht zu ihren Häusern und trafen sich in nahe gelegenen Bars und Tavernen.

Nach und nach näherten sich die Stunden der Nacht über Warschau und verbreiteten die Schatten über die engen mittelalterlichen Gassen. Einige versteckten sich in der Residenz von Gefährten, die auf den Moment warteten, um zum Termin mit Tod und Abenteuer zu gehen.

In den Waffenzentren leckten sich die Posten die Lippen, in der Hoffnung, die Gewehre und Maschinengewehre an die Einsatzkräfte verteilen zu können.

Die Häuptlinge studierten die Pläne und lasen noch einmal die Befehle, um sie auszuführen.

Eine nervöse und bedrohliche Stille breitete sich im Stare Miasto aus. Eine Stille, die Tod und Zerstörung ankündigte.

Die deutschen Patrouillen setzten ihre Reise fort, Gewehre auf den Schultern, von einer Seite zur anderen schauend, den strengen Befehlen folgend, die sie erhalten hatten.

In ihrer Wohnung rauchten Stanislas, Dmowaki und Noraczewski schweigend, warteten, warteten.

Stychel erinnerte sich wieder an Aleska, im Vertrauen darauf, dass sie sich bald wiedersehen würden.

Schließlich rief Dmowaki aus:

„Jetzt ist es soweit.

Sie kamen vom Boden und zogen ihre Regenmäntel an. Die Nacht legte ein warmes Gewand auf. Die drei steckten ihre Pistolen ein und bereiteten sich darauf vor, sich der Gefahr zu stellen.

Während des gesamten Stare Miasto marschierten die am Aufstand beteiligten Männer auf die Treffpunkte zu. Durch die engen Gassen rückten sie in Dreier- oder Vierergruppen vor, versuchten, den deutschen Patrouillen auszuweichen, und gingen auf ihre Konzentrationspunkte zu.

Zur verabredeten Zeit hatten sich die verschiedenen Einheiten an den Kreuzungen versammelt, die zum Marktplatz, zum Domplatz und zum Piekielko-Platz führten.

Dann erschienen die Chefs der Streitkräfte. Sie gingen zu Fuß, da sich die Autos dort nicht bewegen konnten, und machten sich auf den Weg zu ihren Konzentrationspunkten. Währenddessen wartete General Bor-Komorowski, umgeben von seinem Stab, in einem alten Lagerhaus auf den Moment, um die Schlacht zu beginnen.

Zur verabredeten Zeit des Aufstandes ertönte ein lautes "Es lebe Polen!" In den Gassen des Zentrums der Altstadt war zu hören, und die Rebellen, die bereits mit ihren Waffen ausgestattet waren, ihre Halfter, Mäntel und Regenmäntel überquerten, rückten vor, um strategische Positionen zu besetzen.

Die Häuptlinge, ausgerüstet wie sie, schwenkten ihre Pistolen und marschierten auf die Orte zu, die erobert werden mussten. In den an die drei Plätze angrenzenden Gebäuden beobachteten die Mieter verwundert, was vor sich ging.

Viele eilten zu den Rebellen.

In den Gassen in der Nähe der genannten Plätze kollidierten die Vorhuten der Rebellen mit einigen feindlichen Patrouillen.

Schüsse kreuzten sich und Handbomben explodierten. Kämpfer von beiden Seiten fielen, aber die Patrouillen mussten fliehen oder sich auflösen. Nach und nach wurden die Rebellen in der ganzen Altstadt stationiert. Polizeiposten und Truppenabteilungen wurden von bewaffneten Männern umzingelt, die wütend auf sie schossen. Die Leiter der Posten riefen ihre Vorgesetzten an und informierten sie über das Geschehen.

Die Partisanenführer pflanzten in den zuvor gewählten Häusern Maschinengewehre und Mörser, so dass sie die dorthin führenden Gassen beherrschten und den Vormarsch der Deutschen verhinderten.

Andere errichteten Barrikaden an Straßenkreuzungen und bauten sie mit Kopfsteinpflaster und Möbeln, die von überall her mitgenommen wurden. Dort waren auch Maschinengewehre, Mörser und leichte Geschütze montiert und warteten auf den feindlichen Vormarsch.

Die Häuptlinge besetzten die Telefonzentralen und wählten Orte aus, um Krankenhäuser und Quartiermeisterlager einzurichten.

Freiwillige kamen aus der ganzen Altstadt, um sich den Reihen der Geheimen Armee anzuschließen. In den Teilen der Stadt, in denen die Rebellentruppen noch nicht angekommen waren, warteten die Freiwilligen, die nicht an der Versammlung teilgenommen hatten, auf den Moment, um sich ihren Gefährten anzuschließen.

Sie waren die Abteilungen, die dazu bestimmt waren, gegen die Deutschen zu kämpfen und sie von hinten anzugreifen, sobald die aufständischen Kräfte dort angekommen waren.

Die bewaffnete Flut breitete sich unkontrolliert durch die Stadt aus und erschütterte sie mit ihren Schüssen.

In der Komandatur traf sich die telefonisch informierte deutsche Führung. General Schellenberg sammelte seine Untergebenen und bereitete sich auf den Aufstand vor.

Alle waren anwesend, ausgerüstet mit ihren Kriegshelmen und Waffen. Nur von Ritcher, den Helm auf den Knien und die Zigarette zwischen den Lippen, schien bereit für einen Empfang.

Schellenberg fragte zunächst:

„Sind die Befehle, die ich gegeben habe, ausgeführt worden?

Die Häuptlinge erhoben sich einer nach dem anderen und meldeten, dass sich die Einheiten unter dem Kommando des zweiten Häuptlings in

Richtung Stadtrand zurückgezogen hätten. Die eingekreisten Gruppen kämpften verzweifelt, versuchten Widerstand zu leisten oder durchzubrechen. Warschau war von einem Kordon deutscher Truppen umgeben.

Schellenberg erklärte:

„Wir sind vor allem daran interessiert, die Kommunikation über die Weichsel aufrechtzuerhalten und den Bahnhof in unseren Händen zu halten, um die Lage weiterhin im Auge zu behalten und schnelle Transportmittel zu haben. Auch die Telefonzentrale interessiert uns, soweit möglich, um den Kontakt nicht zu verlieren. Auf jeden Fall werden die Kommunikationstruppen provisorische Telefonleitungen einrichten. Die Pulverfässer sind in unserer Hand, ebenso wie die Krankenhäuser. Dass jeder Boss in seiner Position bleibt und das Vorrücken des Feindes verhindert. Es gilt, die Weichsellinie zu beherrschen und die Rebellen vom anderen Ufer zu vertreiben.

Ritcher stand auf.

„Werden wir nicht versuchen, die eingeschlossenen Truppen zu retten? Es sind Soldaten, die kämpfen und von ihren Kameraden Hilfe erwarten können.

Schellenberg fuhr sich mit der Hand über die Augen.

„Ich glaube nicht, dass es möglich ist. Sie, Ritcher, werden den Prager Sektor verstärken, um die Eroberung des Bahnhofs zu verhindern. Bringen Sie jeden einzelnen zu Ihren Kommandoposten zurück und halten Sie die Kommunikation mit mir aufrecht.

Die Häuptlinge salutierten und bereiteten sich auf die Abreise vor. Der General deutete auf den jungen Mann.

"Peter", rief ", glaube nicht, dass es mir nicht weh tut, diese Jungen zu verlassen. Aber wir werden die Rebellen warnen, das Leben der Gefangenen zu respektieren."

"Wenn sie sich nicht daran halten, werden sie sich an von Ritcher erinnern", sagte Peter, sein heiteres Gesicht zum ersten Mal verändert.

KAPITEL X

LAWINE

Die Truppen von Major H versammelten sich neben einem kleinen Platz in der Nähe der Scelna-Straße. Die Flussbrise wehte ihnen entgegen und sie sahen die Gebäude mit Blick auf die Weichsel.

Major H, ein kleiner und stämmiger Mann, überprüfte seine Freiwilligen und entsandte eine große Gruppe der Vorhut, die mit seinen Maschinenpistolen bewaffnet war.

Sie gingen die Scelna-Straße hinunter und hielten sich an den Wänden fest. Es war leicht, eine deutsche Patrouille oder eine Truppenabteilung zu treffen.

Der Weg war frei. Sie stellten bald fest, dass er lachte, während die Boote an den Docks festgemacht waren. Ungefähr fünf deutsche Polizisten standen dort Wache und schwenkten ihre Gewehre. Der Anführer der Vorhut machte ein Zeichen und die Waffen begannen zu bellen. Zwei Polizisten brachen ohne Leben zusammen, während die anderen drei rannten, um sich zu verteidigen. Schüsse donnerten, während sich die Rebellen entlang des Docks verteilten, um sicherzustellen, dass es keine Gegner mehr gab. Die drei Polizisten kämpften, hinter Bündeln versteckt, hoffnungslos, aber beharrlich.

Andere Gruppen von Major H waren in die Gebäude mit Blick auf die Weichsel eingedrungen und hatten dort Maschinengewehre und schwere Mörser platziert, die den gesamten Fluss beherrschten. Sie konnten das gegenüberliegende Ufer erreichen.

Als Major H mit seinen Truppen das Dock erreichte, waren die drei Polizisten bereits vernichtet.

Der Major zeigte die stärksten Kähne und ließ Maschinengewehre im Bug platzieren.

In der Zwischenzeit wurden andere entlang des Docks aufgestellt, um jeden feindlichen Angriff abzuwehren. Auf der anderen Seite des

Flusses standen die Gebäude von Nowe Miasto, die sich im Wasser spiegelten.

Dieser Wasserweg war der schnellste und kürzeste Weg, um Truppen und Lebensmittel von einem Ende der Stadt zum anderen zu transportieren.

Major H zögerte einen Moment. Er hatte seinen Angriffsplan immer wieder studiert, bis er die kleinsten Details auswendig kannte, und doch war er jetzt unentschlossen. Bei den verschiedenen Versuchen, das andere Ufer des Nein zu erobern, konnte er viele Menschen verlieren. Voller Enthusiasmus und Inbrunst betrachtete er diese Jungen, die bald sterben könnten. Und vielleicht sind sie alle auf seinen Fehler hereingefallen.

Schließlich ließ er sie an Bord der Boote gehen und befahl ihnen vorzurücken. Der Ältere wiederum sprang auf einen von ihnen. Diejenigen, die am Ufer blieben, entließen sie, winkten mit den Händen, während sie vom Boden aus ihre Mützen in der Luft schwenkten.

Die Barkassen waren in Bewegung und steuerten auf das benachbarte Ufer zu. Die Männer drinnen leckten sich die Lippen, während sie ihre Waffen streichelten.

Die nächsten Kähne stellten ihre Maschinen ab und warteten auf den Schwung, der sie ans Ufer trug. Plötzlich brach ein donnerndes Gewehrfeuer auf den Docks aus. Maschinengewehre rasselten und schickten tödliche Ladungen auf die Barkassen. Die Männer streckten sich in den Booten aus und warteten auf den Moment, um an Land zu springen. Einige wurden getroffen. Man sah, wie ein Lastkahn, dessen Seiten durch feindliches Feuer aufgeschlitzt waren, kenterte, als seine Insassen ins Wasser sprangen.

Endlich berührten die ersten Boote das Ufer. Seine Insassen sprangen zu Boden. Die Silhouetten der angreifenden Deutschen waren zu sehen. Gewehre bellten und Handgranaten explodierten.

Die Aufständischen griffen wütend an und legten sich auf das Dock, um besser schießen zu können. Nach und nach behaupteten sie sich auf der Anklagebank. Maschinengewehre auf den Kähnen eröffneten das Feuer.

Die ausgeschifften Männer begannen sich entlang des Kais zu verteilen und kämpften mit den Deutschen. Handgranaten explodierten und Gewehre und automatische Waffen rasselten, während Kämpfer häufig aufeinanderprallten. Plötzlich eilte eine große Gruppe bewaffneter Zivilisten an den Ort des Kampfes und griff die Deutschen von hinten an. Es waren die Streitkräfte dieses Sektors, die sich gemäß den erhaltenen Befehlen dem Kampf anschlossen.

Major H verteilte seine Männer und errichtete Barrikaden, um den eroberten Ort zu verteidigen. Deutsche Barkassen dürfen auf dem Fluss nicht weiterfahren.

Inzwischen gingen neue Freiwillige, die nicht in die Geheimarmee gehörten, zu den Posten und auf die Barrikaden. Sie erhielten die Waffen von gefangenen oder getöteten Deutschen oder wurden auf Gefechtsstände geschickt, wo sie bewaffnet und eingerahmt werden konnten.

Die Truppen von Colonel Tomorrow, ein lächelnder Herkulesmann, marschierten die Miodewa-Straße hinunter in Richtung Nowe Miasto. Die deutschen Truppen mussten sich zurückziehen, um nicht von den Angriffen der beiden Freiwilligenkolonnen umzingelt zu werden, die drohten, sie in einen Sack zu stecken. Oberst »Tomorrow« marschierte durch das alte Wohnviertel, das einst außerhalb der Mauern stand, Ecke für Ecke und Straße für Straße. Es gelang ihnen bald, Kontakt zu den Truppen von Major H.

Der Bezirk Krakau bot einige Schwierigkeiten.

Der ältere »Nacht«, ein magerer, dunkel aussehender Mann, aber der wußte, wie man viel aus seinen Truppen herausholen konnte. Die Straßen, die vom Schlossplatz zum Sachsenplatz verliefen, waren ein Konzentrationspunkt für die Polizei und Truppen, die durch die Stadt spazierten. Dort kämpften sie verzweifelt und zogen sich einigermaßen geordnet auf den Sachsenplatz zurück. Nach dem Denkmal für José

Pomatowski wurden einige Gruppen aufgestellt, die bereit waren, zu sterben.

Die größte "Nacht" bestand darin, sie Gruppe für Gruppe zu zerstören, ihren Widerstand zu verringern und die Straßen zu säubern. Endlich wurde die polnische Flagge über dem José-Pomatowski-Denkmal gehisst.

Nowy Swiat und Ujazdow Avenue waren schwer zu erobern. Major Bolis, jung, gut gewachsen und entschlossen, manövrierte seine Truppen durch die breiten Straßen und Gärten, die sie umgaben. Von da an war der Kampf weniger einfach. Es war notwendig, die Taktik zu ändern und die Männer auf die Häuser zu werfen, damit sie nach ihrer Eroberung die Straße niederschießen und die Deutschen zum Rückzug zwingen würden.

Das Schwierigste war die Eroberung der Modernen Nachbarschaften. Die breiten, aufgeräumten Straßen boten den Truppen von Oberst Wladimir nicht viel Schutz. Er musste seine Truppen in kleinen Gruppen verteilen und zum Angriff schicken, um die Kräfte anzugreifen, die ihnen Widerstand leisteten. Die Straßen parallel zur Weichsel wurden zum Schlachtfeld. Die Rebellen nahmen die Autos und Lastwagen, die sie fanden, und verwandelten sie in Festungen, damit sie gut geschützt vorrücken konnten.

Aber die Deutschen waren nicht bereit, nachzugeben, wo sie mit Vorteil kämpften, und hielten sich an die Ecken und Kreuzungen und bildeten ein Kreuzfeuer aus Maschinengewehren und Panzerabwehrraketen.

Immer wieder wurden die Polen auf die letzte Widerstandslinie des deutschen Obersten geworfen, um sie zu erzwingen, aber ohne Erfolg. Das Moderne Viertel wurde über Nacht zum grausamsten Schlachtfeld in ganz Warschau.

KAPITEL XI

Prag

Bor-Komorowski ging nervös auf und ab, hatte aber die Kontrolle über sein provisorisches Hauptquartier. Anrufe der Chefs erreichten ihn und informierten ihn über ihre Fortschritte und Erfolge. Nach und nach wiesen die Gehilfen auf dem großen Stadtplan auf die Punkte hin, die die Rebellen erreicht hatten.

Der General änderte sein kaltes, energisches Gesicht nicht. Er erkannte, dass im Moment die angestrebten Ziele erreicht wurden und es ihm nicht schwer fiel, in der Stadt zu gewinnen und sie vollständig zu dominieren. Aber es war ein Abenteuer, dessen Ende, wie bei allen, unbekannt war.

Viele Unwägbarkeiten, die nicht in ihrer Macht standen, konnten über Sieg oder Misserfolg entscheiden.

Bor-Komorowski ging auf seine Assistenten zu und begann auf dem Tisch zu tippen. Sie sahen ihn an und warteten auf eine Frage oder einen Kommentar. Der General sagte nur:

„Die Schifffahrt auf der Weichsel ist teilweise abgeschnitten. Aber wir wissen nichts über das Prager Viertel. Was macht Oberst SS? Was wird es tun?

*****

Stanislas warf die Zigarette auf den Boden und befahl Major Dmowaki:

„Die Pfadfindergruppe kann vorrücken.

Noraczewski, Arm in einer Schlinge, näherte sich und flehte:

„Lassen Sie es mir schicken, Colonel.

Stychel schüttelte den Kopf.

„Ich brauche dich an meiner Seite und ich kann es nicht tolerieren.

Stanislas Truppen hatten die Nähe der Alexanderbrücke erreicht. Von den Balkonen und den höchsten Gebäuden aus feuerten Gruppen von Polen Maschinengewehr- und Gewehrfeuer auf die Brücke und versperrten den deutschen Truppen den Weg. Ebenso warfen sie von zuvor ausgewählten Orten Mörser, die ihren Vormarsch behindern würden.

Stanislas hatte diesen Sektor gründlich studiert und die Möglichkeiten des Vorstoßes berechnet. Er wusste, dass die Deutschen den Marsch behindern würden und dass ein einzelner Vorstoßversuch sofort gestoppt werden würde.

Dmowaki stellte eine starke Gruppe neben die Brücke, an deren anderen Ende die Deutschen unablässig feuerten. Andere Gruppen steuerten auf den Fluss zu und bestiegen Lastkähne. Es war Zeit, den Vormarsch zu starten. Stychel winkte. Automatische Waffen und Mörser verstärkten ihr Feuer und verlängerten den Schuss, um nur das andere Ufer zu erreichen.

Unterdessen begannen die Boote und Kähne den Fluss zu überqueren, alle im Schatten der Nacht.

Stanislas stand regungslos an der Balustrade der Brücke und wartete auf die Nachricht von den ersten Gruppen. Er wusste, was das bedeuten konnte und es war für ihn notwendig, es zu erreichen. Wenn er den Bahnhof nicht eroberte, würden bald neue Truppen in Warschau eintreffen und der Aufstand würde fürchterlich scheitern.

Die Nacht machte es unmöglich zu sehen, wie sich die Kähne auf das andere Ufer zubewegten und wie die Patrouillen auf der Brücke vorrückten, aber der Oberst wusste, dass seine Männer ihn nicht enttäuschen würden. Plötzlich waren am anderen Ende der Brücke Schüsse zu hören, sowie ein Ruf vom gegenüberliegenden Ufer.

Alle Rebellen beugten sich vor und streichelten ihre Waffen. Vielleicht war die Zeit gekommen. Die Schießerei nahm an Intensität zu, aber niemand konnte sagen, was geschah. Während die Rebellen jedoch nervös blieben und darauf warteten, was passieren würde, stellten sie fest, dass das Gerücht über die Schlacht langsam verblasste.

Ein Partisan kam Stanislas entgegen.

„Sir Colonel", sagte er, „wir haben es geschafft, uns am anderen Ufer zu etablieren.

Stychel legte dem Verbindungsmann die Hand auf die Schulter und wandte sich seinen Männern zu, die verwirrt um die Ecken und die Brücke entlang standen. Er wedelte mit dem Arm und rannte über die Brücke. Ein donnernder Jubel erhob sich hinter ihm, als die Rebellen mit voller Geschwindigkeit ihrem Anführer nachliefen oder sich auf die Kähne stürzten, um den Fluss zu überqueren.

Stanislas ging mit der Pistole in der Hand auf das andere Ende der Brücke zu, wo weiterhin Schüsse zu hören waren. Seine Freiwilligen folgten ihm und schwenkten ihre Gewehre in der Luft.

Endlich erreichten sie das gegenüberliegende Ufer. Stychel wandte sich dem Fluss zu, um auf den Bach zu schauen. Fast am Ufer sammelten sich die Lastkähne.

Er fuhr weiter und holte bald seine Partisanen ein. Die Deutschen waren von ihren Posten geworfen worden und konnten sich bereits am Ufer ausbreiten.

Die Verstärkungen halfen den Rebellen sehr. Bald breiteten sie sich durch die Straßen und um die Ecken herum und griffen die Deutschen an. Die Lastkähne hatten ihre Lasten von Männern abgesetzt, die zu den bereits dort stationierten Polen eilten.

Die schweren Waffen wurden teilweise ans andere Ufer transportiert, um dort weiter zu kämpfen. Nach und nach verteilten sich die Gruppen, gut angeführt von Stychel, durch die Stadt in Richtung Bahnhof.

Die Morgendämmerung begann, den Himmel rot zu färben, als die Rebellen die grauen und schmutzigen Gebäude der Station ausmachten. Ein Begeisterungsschrei erhob sich aus ihren Brüsten.

Unter ihnen lief der Slogan:

"Noch ein Versuch und wir haben gewonnen."

Durch die Straßen sprangen von Fenster zu Fenster und von Terrasse zu Terrasse, Rebellen und Soldaten griffen sich in einem ständigen Kampf unerbittlich an.

Sie breiteten sich auf einer breiten, einsamen Allee aus und steuerten auf den Bahnhof zu. Stanislas folgte den ersten Vorhuten eng. Es war notwendig, den Bahnhof, die Achse aller Linien, zu besetzen, um das dorthin führende Eisenbahnnetz beherrschen zu können.

Schüsse knallten und Maschinengewehre rasselten und verbreiteten ihr Todesbellen. Stychel sah zu, wie sich Abordnungen dem riesigen grauen Gebäude näherten, das von der Alterspatina und dem Rauch Hunderter von Dampfmaschinen bedeckt war.

Die deutschen Grenadiere kämpften verzweifelt, wurden aber von Partisanen in die Enge getrieben, die aus Fenstern und durch Wände auf sie sprangen. Zahlreiche Freiwillige verließen ihre Häuser und nahmen Waffen von Toten oder Gefangenen ab.

Bald, sagte sich Stychel, hätten sie den Bahnhof besetzt. Dawn verbreitet ihr milchig-weißes Licht überall und verleiht den Umrissen ein geisterhaftes Aussehen.

Sie hatten bereits eine Bresche in die feindliche Verteidigung geöffnet und die ersten Vorhuten hatten bereits den Bahnhof betreten. Es wurde in ihr gekämpft und sie würden bald in der Lage sein, sie zu beherrschen.

Plötzlich waren Motorengeräusche zu hören und eine Wagenkolonne mit Flugabwehr-Maschinengewehren und leichten mittleren Panzern und Maschinengewehren war in Richtung Bahnhof zu sehen.

Jemand hat angekündigt:

»Sie sind von Ritchers Truppen.

Fast bevor die Fahrzeuge anhielten, sprangen die "Jäger" zu Boden und hoben ihre Waffen, gleichzeitig begannen die Panzer zu feuern und gingen auf die Aufständischen los.

Stanislas gab schnell seine Befehle. Es war notwendig, festzuhalten und nicht von diesen kühnen und wilden Truppen umzingelt zu werden, die an Schläge und Überraschungen gewöhnt waren.

Die Station wurde zum Zentrum des Kampfes. Beide kämpften, um es zu erhalten oder zu erobern, während der Rest der Streitkräfte Positionen einnahm, die ihnen am geeignetsten erschienen.

Stychel erkannte die anmutige Silhouette eines Offiziers, eine Zigarette zwischen den Lippen, die unter den Kugeln gelassen und ruhig die Bewegungen seiner Männer dirigierte.

Der Stoß der Panzer und der Jäger zwang die Rebellen, die Station zu verlassen, aber Stanislas hatte die Maschinen- und Mörserdiener so aufgestellt, dass die Deutschen sie nicht besetzen konnten.

Die Kämpfe gingen weiter heftig, aber die Station blieb im Niemandsland, ohne dass die Deutschen sie benutzen und die Polen sie unbrauchbar machen konnten. Keiner von ihnen konnte sie ihr Eigen nennen und keiner von ihnen war gescheitert. Der Kampf begann, entnervend und grausam. Unerbittlich greifen sich gegenseitig mit Wildheit an.

Unter feindlichem Feuer wurden Lebensmittel verteilt und die Verwundeten mussten unter feindlichen Kugeln versorgt werden.

Doch nach der ersten Überraschung bereiteten sich beide Seiten darauf vor, Widerstand zu leisten, bis eine aufgab.

KAPITEL XII

EINE WICHTIGE MISSION

Aleska betrat Major Gentzels Büro. Der Veteran lächelte und deutete auf einen Stuhl.

Das Mädchen gehorchte und zündete sich eine Zigarette an. Der Aufstand hatte mehrere Tage gedauert und über die Operationen war nichts bekannt. Die Schlachten und Kämpfe auf den Straßen gingen täglich weiter, ohne dass jemand wissen konnte, welches Schicksal die Zukunft für sie bereithielt.

Major Gentzel fuhr sich mit der Hand über die Stirn und lächelte wieder. Abgesehen von dieser Geste der Müdigkeit hätte sich niemand vorstellen können, dass dieser kalte und unpersönliche Mann sich Sorgen um die Ereignisse machte.

„Der Aufstand", begann er zu sagen, „war für General Bor-Komorowski ein erster Erfolg. Das ist nicht zu leugnen. Er hat fast alle seine Ziele erreicht, aber er hat sich nicht weiter ausgebreitet Schießen und kämpfen Sie weiter, um zu sehen, wer von beiden den anderen dominiert. In dieser Zeit, in der die russische Offensive ihre größte Stärke erreicht, kann dieser Aufstand für unsere Waffen endgültig sein. Er muss so schnell wie möglich abgeschlossen werden.

Aleska nickte und hoffte, dass der ältere Mann den Grund für ihren Anruf nennen würde.

„Ein ganz wichtiger Punkt ist der Bahnhof im Prager Stadtteil. Wenn die Polen es gebrauchen könnten, könnten sie Partisanengruppen vom Land hierher bringen. Dies würde Ihre Erfolgschancen erhöhen. Im Moment dominiert weder das eine noch das andere, sondern ist nur ein Ziel für beide.

Aleska nickte wieder. Niemand konnte sich vorstellen, in welcher Spannung sie in jenen Tagen gelebt hatte, immer an Stanislas gedacht und was mit ihm passieren könnte. Er wusste, dass dieser Aufstand das

Ende seiner Liebesaffären war. Wer triumphiert, sollte sich endgültig trennen.

„Der Prager Sektor", so Gentzel weiter, „wird von den Truppen von Oberst S, S.

Das Mädchen hob interessiert den Kopf.

„Haben sie es geschafft, ihn zu identifizieren?", frage ich.

„Ja, wir haben es endlich geschafft. Es geht um einen alten Freund von ihr.

Aleska blinzelte erstaunt.

"Wer ist es?

„Stanislas Stychel.

Das Herz der jungen Frau setzte einen Schlag aus.

„Bist du sicher? Ich konnte mir nie vorstellen, dass sie dieselbe Person waren.

Gentzel nickte.

„Weder Sie noch sonst jemand konnten es sich vorstellen. Sie müssen die Fähigkeiten und den Mut dieses Mannes erkennen. Er wusste uns bis zum Schluss zu täuschen und er war es, der sich über uns lustig gemacht hat. Jetzt sind es sein Prestige und seine militärischen Fähigkeiten, die den Prager Bezirk tragen. Ohne ihn hätten wir die Station besetzen und sie nach Stare Miasto vertreiben können. "Er machte eine Pause und fügte hinzu:" Es gibt einen Weg, und Sie können ihn uns anbieten.

Aleska hatte Angst, ohne zu wissen warum. Mit seinen Augen lud er den älteren Mann zum Sprechen ein.

„Sie können zu Colonel Stychel gehen und uns sagen, wo sich sein Kommandoposten befindet. Wir wissen, dass es dem, was wir die erste Zeile nennen könnten, sehr nahe kommt. Sobald wir darüber informiert waren, würden wir eine Gruppe entsenden, die entschlossen war, ihn zu fangen. Auf diese Weise würde der gesamte Widerstand in Prag zusammenbrechen.

Aleska schauderte. Sie, genau sie, musste den Mann, den sie liebte, Stanislas, gefangen nehmen. Aber Gentzel wusste nichts von ihren

Gefühlen. Sie hatte sich freiwillig zum Geheimdienst gemeldet und hatte als Frontsoldatin eine Pflicht zu erfüllen.

Die kalten grauen Pupillen der Älteren starrten sie an. Er muss eine Antwort geben. Das Mädchen fühlte sich von tausend widersprüchlichen Gefühlen gequält. Sie erinnerte sich an ihren Vater und ihre Brüder, die an der Spitze ihrer Truppen kämpften. Er dachte an all die Leben, die er retten konnte. Er konnte sich jedoch nicht entscheiden.

Etwas musste passieren, um zu vermeiden, was sie von ihm verlangten und das er nicht ablehnen konnte, fragte Gentzel noch einmal:

"Was stimmt nicht mit ihm?

Aleska hörte eine Stimme, die nicht ihre war, zu ihr sagen:

„Ich werde tun, was ich kann, Major Gentzel.

* * *

Stanislas aß in seinem Kommandoposten Konfitüren, die ihm vom Hauptquartier gebracht worden waren. Seine Assistenten und Wachen hatten das gleiche Essen wie er. Auf dem Boden sitzend, verschlangen sie die Ranch mit dem Gewehr an ihrer Seite.

Stychel fragte sich, was aus Aleska werden würde und was sie gerade tat. Er wird sie nie vergessen.

Neben einem Tank aß Ritcher ein Sandwich, das ihm von einem Pfleger gereicht wurde, und trank ein Glas heißen Tee. Der Helm schmiegte sich eng um den Kopf seines Soldaten. Der Oberstleutnant war besorgt über das Schicksal der Schlacht. Aber er musste zugeben, dass diese Polen gute Kämpfer waren.

Im Rest der Stadt gingen die Kämpfe mit gleicher Heftigkeit und Heftigkeit weiter. Rund um den Fluss und in den breiten Straßen der Modern Neighborhoods arbeiteten schnelle Waffen und Bajonette sowie leichte Kanonen immer wieder unermüdlich.

Der Aufstand ging weiter, ohne dass jemand einen Weg sah, ihn schnell zu beenden.

KAPITEL XIII

UNTER DER DECKE DES KRIEGES

Major Gentzel sprang aus dem Auto und half Aleska aus. Das Mädchen, in ihren Mantel gedrängt, blickte auf die Straßen und Gebäude, die vom Morgenlicht befleckt waren und wie militärische Festungen vor ihr aufragten. Er erkannte die Silhouetten der Grenadiere seines Landes mit dem Gewehr in der Hand und den Helmen fest angebracht.

Vor ihnen kämpften die Männer von Stanislas verzweifelt.

Gentzel wiederholte:

„Es ist besser, dass Sie nicht direkt in das Prager Viertel fahren. Durch diesen Sektor können Sie leicht die Rebellenlinien erreichen und fragen Sie dort nach Stanislas Stychel. Sie werden sie zu ihm führen.

Der ältere Mann streckte seine Hand aus und fügte hinzu:

„Viel Glück, Frau.

Das Mädchen nickte und ging in Richtung des Ortes, wo die Rebellen waren.

Vorsichtig versteckte er sich hinter Ecken und Türen. Sie konnten sich den Polen nicht aussetzen, da sie wussten, dass die deutschen Truppen sie passieren ließen.

* * *

Ein Partisan näherte sich Stanislas und sagte:

Colonel, ein Mädchen möchte Sie sehen.

Stanislas hob den Kopf.

"Was willst du?

„Er hat nicht gesagt.

„Nun, lass es geschehen.

Der Partisan ging und kurz darauf betrat Aleska den Gefechtsstand. Das Mädchen starrte Stanislas an, nicht sicher, welche Rolle sie einnehmen sollte. Stychel stand auf und rannte zu ihr.

„Aleska, was machst du hier?" rief er und streckte seine Hände aus.

„Ich konnte nicht länger von dir getrennt bleiben. Ich habe es geschafft, zu Ihren Leitungen zu gelangen und bat darum, zu Ihnen gebracht zu werden.

Die Assistenten waren herausgekommen und allein. Stanislas umarmte sie und zog sie näher.

„Ich sollte dir nicht erlauben, hier zu bleiben, da du in Gefahr bist.

Sie schloss die Augen und lehnte ihren Kopf an die Brust des Mannes, den sie liebte und den sie verraten wollte. Sie bereute es, dort gewesen zu sein, und doch hatte sie niemand gezwungen, dem Secret Service beizutreten.

Stanislas strich ihr übers Haar und fügte hinzu:

„Ich hatte Angst, dich nie wieder zu sehen. Ich weiß nicht, wie dieser Kampf enden wird, der länger dauert, als er sollte. Es sind fünfzehn Tage her, seit alles begann.

Aleska hob ihre Hände, um das Gesicht des Rebellen zu streicheln.

„Alles, was ich wollte, war, an deiner Seite zu sein. Der Rest ist mir egal. Reden wir nicht über die Zukunft. Es ist nur wichtig, dass wir zusammen sind und dass wir endlich Seite an Seite darauf warten können, dass dies endet.

Stanislas küsste sie und drückte sie fest an seine Brust. Sie schlang ihre Arme um seinen Hals, als wollte sie ihr Leben in diesem Kuss geben und so die Barriere, die sie trennte, auslöschen.

Er erkannte, dass er den abscheulichsten Verrat an einer Frau beging. Major Gentzel wusste nicht, dass Stychel sie liebte, aber sie wusste es. Er hatte jedoch die ihm übertragene Mission angenommen.

Aber sie war Soldatin, und sie wusste, dass Soldaten es nicht zulassen konnten, dass bestimmte Gründe der Pflicht im Wege standen. Stanislas selbst hatte es getan. Aber was würde dieser aufrichtige und entschlossene Mann sagen, wenn er herausfand, dass sie seine Gefühle ausnutzte, um ihn zu verkaufen? Ich würde nie an ihre Liebe glauben. Ich könnte mir vorstellen, dass es nur eine List war, ihn zu besiegen und zu verhaften.

Und noch nie in ihrem Leben hatte das Mädchen eine so starke und leidenschaftliche Liebe empfunden wie die, die sie zu Stychel verzehrte.

Stanislas sah sie lächelnd an.

„Ich bin froh, dich an meiner Seite zu haben, aber ich bevorzuge es, wenn du dich von Gefahren fernhältst. Dies ist kein Ort für eine Frau.

Aleska schüttelte den Kopf.

„Ich werde nicht zulassen, dass Sie mich wegstoßen. Ich habe gesehen, wie Frauen sich um die Verwundeten kümmerten und Lebensmittel und Munition verteilten. Es gibt sogar einige Freiwillige.

„Aber sie sind Polen und Sie sind Ausländer. Dieser Kampf hat nichts mit dir zu tun.

Das Mädchen reagierte langsam. Stanislas konnte sich nicht vorstellen, dass auch sie in diesen Kampf verwickelt war, aber auf der Seite des Feindes.

„Ich möchte an deiner Seite sein", murmelte er.

Stanislas antwortete nicht, sondern drückte sie nur an sich, während draußen Maschinengewehre ratterten und Mörser donnerten.

* * *

Aleska war mehrere Tage im Rebellenlager. Die Lage hatte sich weder für die Polen noch für die Deutschen verbessert. Beide behielten die Positionen, die sie in den ersten Tagen erobert hatten, und nur einige Kreuzungen und einige Gebäude wechselten täglich den Besitzer.

Den Partisanen war das Mädchen bereits bekannt. Da sie es gewohnt waren, zu sehen, wie sie sich um die Verwundeten kümmerte und sich um das Essen kümmerte, wurden sie nicht gestört, als sie sie vorbeigehen sahen. In diesen Berufen setzte Aleska all ihre Kraft ein, um vielleicht müde zu werden und nicht darüber nachdenken zu können, was sie tun würde.

Er hatte die Situation studiert und erkannt, wie einfach der Putsch war. Stanislas hatte seinen Gefechtsstand in einem kleinen Gebäude eingerichtet, das dem Bahnpersonal gehörte. Es hatte zwei Räume und war voll mit Werkzeugen, die den Partisanen übergeben wurden.

Er war fast in der Schusslinie; eine Kampflinie, die sich über Kreuzungen, Streckenabschnitte und Maschinengewehrgebäude erstreckte. Es wäre nicht schwer, von dort aus, wo die Truppen waren, einen Massenangriff zu starten und den Häuptling zu fangen. Oder schicke einen ausgewählten Trupp und erobere das Haus im Sturm.

Sie wusste nicht, was sie tun würden, aber sie würde Stanislas nicht verlassen. Sie spürte den Blick des jungen Mannes voller Zärtlichkeit, dass er nicht ein einziges Mal aufhörte, sie anzusehen.

Er hatte noch keinen Weg gefunden, seine Botschaft an die deutschen Streitkräfte zu übermitteln, aber er hoffte, dies bald tun zu können.

Stanislas blieb die ganze Nacht dort, außer wenn er auf seinen Runden ging.

Aber zwischen neun und elf wurde er immer gefunden.

Aleska zog es vor, nicht an die Zukunft zu denken. Sie wusste, dass ihre Liebe von ihr selbst ermordet werden würde, und diese Gewissheit ließ sie in tiefer Angst verzweifeln. Es gab keine Möglichkeit, das Kommende zu vermeiden.

Stanislas fühlte sich glücklich und hatte gleichzeitig Angst, sie neben der Gefahr zu haben. Aber vielleicht wäre es schlimmer gewesen, sie nicht an seiner Seite zu haben und nicht zu wissen, was mit ihr passiert war.

Es schien ihm, dass er besser zu kämpfen wusste und seine Männer klarer führte.

Unterdessen ging die Schlacht um Warschau grausam und heftig weiter, ohne dass ein Ende in Sicht war. Von einem Ende der Stadt zum anderen griffen sich die Männer heftig an und suchten nach Mitteln zum Erfolg. Die Bevölkerung, die nicht in den Kampf eingegriffen hatte, blieb in ihren Häusern und wartete darauf, dass alles endete. Das Leben war zum Stillstand gekommen.

In den von den Rebellen besetzten Gebieten wurden Brot und Lebensmittel aus den eroberten Lagerhäusern verteilt. Dasselbe geschah in dem von den Truppen besetzten Gebiet, aber über Warschau breitete sich der Geist des Hungers aus.

KAPITEL XIV

ÄNDERUNG DES BEFEHLS

Vor der Komandatur hielt ein Feldwagen. Der Wachposten an der Tür stellte mit kritischem Blick fest, dass eine wichtige Person im Inneren unterwegs war.

Der Pfleger sprang zu Boden und öffnete die Tür, wobei er sich steif aufrichtete. Dies überzeugte den Wachposten schließlich davon, dass der Charakter, der darin reiste, nicht irgendjemand war.

Ein General stieg aus dem Fahrzeug und ging mit einem entschlossenen Schritt auf das Haus zu. Er war noch ein junger Mann, stämmig und stark. Seine Uniform war sauber und gut geschnitten, hatte aber Spuren des Staubs von der Reise. Auf seiner Brust trug er verschiedene Verzierungen, einige aus dem Krieg von 1914. Unter der karierten Mütze fielen ein gerötetes Gesicht und energische Züge auf, die sein eigenwilliges Kinn und seine feurigen Pupillen hervorhoben.

Seine Assistenten schienen ebenso entschlossene und harte Männer wie er.

Er reagierte auf den Gruß des Postens und teilte dem Wachoffizier mit, es sei General Bach-Zelewski, der gerade von der russischen Front eingetroffen sei.

Alle schauderten, als sie den Namen des Militärs hörten. Dieser entschlossene und furchtlose Soldat war immer an der Schlachtlinie und bereit, vorwärts zu gehen, egal wie schwierig es war.

Er hatte sich auf harte Schüsse und schwierige Situationen spezialisiert. Er war auch berühmt für seine dröhnende Stimme, wenn er unter feindlichem Feuer Befehle erteilte.

Er wurde von Schellenberg und seinem Assistenten begrüßt. Bach-Zelewski richtete sich auf und zeigte ein Amt des Großen Hauptquartiers, in dem er zum Chef aller Warschauer Streitkräfte unter Schellenberg ernannt wurde.

„Mein General", fuhr er mit seiner etwas schroffen Art fort, „ich bin nicht hier, um irgendjemanden zu ersetzen oder irgendjemandem die Arbeit zu verderben. Ich warte auf Befehle.

Schellenberg konnte sich bei dieser für den Sturmtruppenkommandanten so charakteristischen Redeweise kein Lächeln verkneifen.

"Die Situation", begann er zu sagen und näherte sich dem Stadtplan, der an der Wand hing "nicht vielversprechend, aber auch nicht aussichtslos. Wir befinden uns in einer Wartezeit, in der wir keine Lösung in nächster Nähe sehen" Zukunft.

„Ich wurde im Hauptquartier beauftragt, den Aufstand bald niederzuschlagen. Dies macht es schwierig, Truppen an die Front zu entsenden, und dies ist nicht die Zeit für Verzögerungen. Die Russen rücken weiter in Richtung der polnischen Grenze vor. Es ist fast einen Monat her, seit der Aufstand ausgebrochen ist. Ist das nicht so, mein General?

Schellenberg nickte.

„So. Die Schwierigkeit besteht jedoch darin, dass es schwierig ist, die Rebellen von ihren Widerstandspunkten zu vertreiben, da die Nachbarschaften Haus für Haus erobert werden müssen. Bringst du Verstärkung mit?

"Nur ein Bataillon Panzer", antwortete Bach-Zelewski, "und ein Mörser von 65. Ich denke, das wird genügen.

Schellenberg sagte dann:

„Ich nehme an, Sie sind müde. Heute Nachmittag können wir die Mitarbeiter zusammenbringen und diese Dinge besprechen.

Der Neuankömmling schüttelte den Kopf.

„Ich bin nicht müde, mein General. Wir können uns so schnell wie möglich treffen.

Zwei Stunden später waren alle Einheitschefs in der Komandatur versammelt. Auch Major Gentzel und Oberst Haller waren beim

General. In der Versammlung war auch ein lächelnder Oberstleutnant mit sonnengebräuntem Gesicht und dem Schädel der Panzertruppen.

"General Bach-Zelewski", begann Schellenberg zu sagen, "wird das Kommando auf dem Platz übernehmen. Wir müssen zunächst eine Untersuchung der Lage vorbereiten.

Der Stabschef las einen mit den Teilen der verschiedenen Einheitschefs erstellten Bericht, in dem er die Lage der streitenden Kräfte erläuterte. Bach-Zelewski hörte schweigend zu und klopfte mit einem Bleistift auf den Tisch. Er benutzte immer mehr Kraft, um es zu tun.

Der Tankerchef, ein ehemaliger Freund von Peter, sagte zu ihm:

„Er wird wütend. Er wird am Ende den Tisch schlagen.

"Sie sagen, er hat eine sehr schlechte Laune", antwortete Peter.

„Natürlich. Es ist schrecklich. Aber Sie können sicher sein, dass der Aufstand niedergeschlagen wird.

Als er fertig war, stand Bach-Zelewski auf.

„Nach dem, was ich gerade gesagt habe, sind die beiden Nervenzentren der Stadt der Fluss und das Prager Viertel. Daher ist es notwendig, die Rebellen auf die andere Seite der Weichsel zu drängen und die Flusskommunikation wieder aufzunehmen. Dann gilt es, sie aus dem Bahnhof zu vertreiben, damit die Züge frei verkehren können. „Er wandte sich an Schellenberg und fügte hinzu:" Wenn Sie damit einverstanden sind, Sir, werden wir zuerst diese beiden Operationen durchführen und dann auf die Altstadt vordringen, bis sie zur Kapitulation gezwungen oder vernichtet sind.

Schellenberg lächelte über ihre Feurigkeit.

„Das wurde versucht, bisher ohne Erfolg. Sie haften am Boden und widerstehen gut.

„Ich sehe es, mein General, aber ich denke, wir können andere Mittel als die bisher verwendeten anwenden. Panzer und Flammenwerfer werden uns sehr nützlich sein. Diese Kämpfe von Haus zu Haus und von Straße zu Straße ähneln denen, die wir in Stalingrad und bei der

Eroberung der Befestigungsanlagen von Sewastopol erlitten haben. Infanteriekräfte müssen flexibel sein und gut kämpfen; so etwas wie unsere Fallschirmjäger und feindlichen Kommandos. Aber ich konnte auch nachweisen, dass der tapferste Mann, der in der Lage ist, mit bloßer Brust ein Maschinengewehrnest anzugreifen, sich vor einem Flammenwerfer fürchtet. Es wird notwendig sein, sie den Kämpfern zur Verfügung zu stellen. Panzer sind fast unbesiegbar, weil sie ein mobiles Bollwerk darstellen, das nur mit Kanonen gegen Panzer besiegt werden kann, deren Quantität für die Rebellen nicht leicht zu entsorgen ist.

Peter lächelte und blickte auf den Kopf der Panzer. Major Gentzel stand auf, räusperte sich und sagte:

„Es wäre praktisch, den Rebellen mitzuteilen, dass sie niedergeschlagen werden und dass es besser ist, sich zu ergeben. Für sie und die gesamte Zivilbevölkerung, die an unsere Leitungen kommen möchte, könnten Gehege gebildet werden.

„Klingt gut für mich", sagte Schellenberg auf Nachfrage von Bach-Zelewski. Colonel Haller wird sich um Sie kümmern.

"Mein General", fuhr Major Gentzel fort, "wir haben vertrauenswürdige Vertraulichkeiten des Ortes, an dem sich der Kommandoposten von Oberst SS, Chef der Rebellen im Bahnhofsbereich befindet. Wir haben Luftaufnahmen gemacht, um das Haus besser kennenzulernen." Der Pilot, der sie entführte, wurde mehrmals erschossen, blieb aber unverletzt Ich glaube, wenn Sie nicht anders denken, kann ein gut gewählter Trupp Sie gefangen nehmen und dem Feind einen seiner besten Anführer nehmen.

Bach-Zelewski wandte sich an Schellenberg:

„Wenn Sie nichts dagegen haben, mein General, glaube ich, dass diese Maßnahme durchgeführt werden könnte. "Als der Vorgesetzte nickte, fragte er: Welche Einheit könnte diese Mission leiten?

"Oberstleutnant von Ritcher.

KAPITEL XV

WIEDER VON VORNE AN VORNE

Die Morgendämmerung kam. Auf den grauen Dächern der Stadt kündigte sich die Morgendämmerung an, während an den Kreuzungen und an den Ecken die Männer kämpften und auf die Fortsetzung des Kampfes warteten.

Peter engagierte die Angriffspatrouille seines Bataillons. Der Oberleutnant begrüßte sie mit den Worten:

»Keine Neuigkeiten, mein Oberstleutnant.

Von Ritcher bedeutete ihm, die Hand zu senken, und erklärte dann:

„Sie alle wissen, was von Ihnen erwartet wird. Sie haben die Fotos und den Plan des Sektors studiert. Sie wissen, welches Haus wir überfallen müssen und auch der Mann, der gefangen genommen oder getötet werden muss. Ich schicke die Patrouille selbst.

Unter den Männern dieser Einheit gab es eine Bewegung der Zufriedenheit. Sie streichelten ihre Maschinenpistolen und Gewehre und bliesen ihre Brust auf. Am Gürtel trugen Handfeuerwaffen und Pistolen. Ritcher nahm eine Maschinenpistole und murmelte:

"Gehen.

Kapitän Schulz sah ihm nach und leckte sich die Lippen. Er hatte keine Angst, dass diese Operation scheitern würde. Das einzige, was er fürchtete, war, dass sein Boss im Kampf sterben würde.

Die Patrouille rückte bis zu den letzten Wachposten vor. Die "Jäger" lächelten und murmelten:

Viel Glück, Kameraden.

Ein Sergeant hob lächelnd die Hand.

Peter sah auf die schmale Gasse, an deren Ende die Polen standen. Zwischen beiden Positionen wurde viel eröffnet. Hoffentlich konnten sie auf die andere Seite überqueren, ohne dass es jemand bemerkte.

Von Ritcher winkte, und die Männer sprangen über den Zaun und betraten das Grundstück. Sie hatten ihre schweren Waffen aufgegeben und nur diejenigen behalten, die im Nahkampf nützlich sein konnten.

Major Wagner, zweiter Bataillonskommandeur, wandte sich an Schulz:

„Alles muss arrangiert werden, und sobald wir das Signal hören, werden wir angreifen.

Peter rückte vor, gefolgt von der Patrouille. Der Leutnant marschierte schweigend neben ihm. Der Helm und die Maschinenpistole erinnerten Peter an seine ersten Kämpfe in den Niederlanden, als der Krieg begann.

Sie erreichten das andere Ende des Grundstücks. Ein Soldat trat versehentlich gegen eine Dose. In der Stille der Morgendämmerung klang es wie ein Kanonenschuss. Peter bedeutete allen, sich zu verstecken. Nicht weit entfernt fragte eine Stimme auf Polnisch:

„Was war das, Sikorski?

„Nichts. Mir scheint, dass du träumst", antworteten sie ihm.

Peter ging zum Zaun hinüber und sah hinüber. Niemand war da und in der Nähe gab es eine weitere Gasse, die zum Gleis führte. Der Oberstleutnant gab ein Zeichen, und die Patrouille sprang auf die Straße und ging auf die Gasse zu.

Schweigend gingen sie hindurch. Mit montierten Waffen klebten sie an den Wänden, um nicht überrascht zu werden. Sie versuchten, vorsichtig vorzugehen, um die Aufmerksamkeit des Feindes nicht auf sich zu ziehen. Sie erreichten das Ende der Gasse und unterschieden die Straße und dahinter den dritten Materialschuppen.

Von Ritcher zeigte auf das Gebäude. Es bestand kein Zweifel, dass er es war. An der Tür stand ein Posten, der in einen Pelzmantel gestopft und die Holster über der Brust gekreuzt hatte.

Die Wand lag im Schatten und erlaubte ihnen, nahe an die Schienen zu kommen, aber sie mussten kriechen. Sie rückten vor, Peter marschierte zuerst. Als er die Reling erreichte, hob er den Kopf. Das

Gebäude war nicht weit entfernt. Seine Patrouille, so gut ausgebildet wie sie war, konnte ihn einholen und überwältigen, bevor der Rest der Partisanen eintraf.

Er deutete auf den Sergeant, und der Sergeant nahm die Handpumpe und riss die Sicherung ab. Dann warf er es hart auf den Posten.

Gleichzeitig rief der Oberstleutnant:

"Lasst uns gehen Jungs.

Die Granate explodierte und schlug den Posten nieder, aber die "Jäger" rannten bereits auf das Gebäude zu. Das Signal war gegeben und das gesamte Sturmbataillon würde angreifen, um ihren Anführer zu retten.

Zwei Partisanen kamen aus der Nische, und der Sergeant rammte ihnen die Maschinenpistole ins Gesicht und warf sie blitzschnell zu Boden. Sie standen bereits vor dem Gebäude. Der Leutnant warf sich auf ein Fenster, gleichzeitig schlug einer der Soldaten mit dem Gewehrkolben zu, um es zu öffnen. Peter, gefolgt vom Sergeant, betrat den Kommandoposten.

Ein schwaches elektrisches Licht erhellte den Raum. Jemand warf einen Stuhl und zerschmetterte ihn. Aber in diesem Moment wurde das Fenster geöffnet und trat in das milchige Licht der Morgendämmerung.

Peter stand der Maschinenpistole gegenüber und feuerte auf zwei Partisanen, die vor ihm standen. Plötzlich sah er einen großen, kräftigen Mann, der mit einer Automatik schwenkte.

Er grinste heftig. Das muss der SS-Oberst sein. Zur Sicherheit rief er: Stychel.

Stanislas wurde entdeckt und stand auf, um zu schießen. Sie hatten ihn gejagt und er wollte nicht weglaufen.

Genau in diesem Moment verließ Aleska das Nebenzimmer. Er beobachtete die Szene, erkannte, was passieren würde, umarmte Stanislas und wandte sich an den deutschen Offizier. Er hatte angefangen zu schießen, als das Mädchen zwischen die beiden Männer trat.

Der Körper der jungen Frau zitterte, geschüttelt von der Stahlpeitsche. Seine Pupillen verengten sich, als sich seine Muskeln lockerten. Der feindliche Offizier senkte die Maschinenpistole und starrte entsetzt auf die Szene.

In der Nähe der Bahngleise erhob sich ein lauter Schrei. Das Sturmbataillon griff an, vorausgegangen waren Panzer.

Angesichts der Haltung der beiden Anführer schossen die an diesem Ort versammelten feindlichen Truppen nicht und sahen sich überrascht an. Das Gebrüll der Schlacht war zu hören. Dann packte Kapitän Noraczewski den Oberst am Arm und zerrte ihn ins andere Zimmer. Er schloss die Tür und bereitete sich darauf vor, durch ein Fenster zu fliehen.

Stychel hatte kaum die Kraft, sich zu bewegen, aber er folgte seinem Assistenten. Alles war so schnell gegangen, es fühlte sich langweilig an. Auf der gesamten Strecke wurden die polnischen Truppen von den Deutschen angegriffen, die auf den Bahnhof drängten.

Major Wagner führte seine Männer fachmännisch und geschickt. Die Panzer feuerten unablässig, öffneten Lücken in den Wänden und schlugen sie beim Angriff zu Boden. Die "Jäger" auf Patrouillen griffen die feindlichen Festungen an und warfen ihre Handbomben ab. Maschinengewehre und Macheten kamen ins Spiel und vertrieben die Polen aus ihren Redouten.

Nach und nach stürmten die Einsatzkräfte die Gebäude in Richtung Bahnhof. Aber der SS-Oberst war in Sicherheit und würde an die Front seiner Männer zurückkehren.

KAPITEL XVI

WÄHREND DER KRIEG FORTGEHT

Noraczewski kämpfte mit dem Oberst, um ihn vom Kommandoposten zu entfernen. Stanislas, immer noch fassungslos, rief:

„Aleska! Aleska!

Der Kapitän rief einen anderen Partisanen an und wies ihn an, ihm zu helfen, seinen Vorgesetzten wegzubringen. Zusammen schafften sie es, Stychel zu dominieren, der sich bemühte, in das Gebäude zurückzukehren. Endlich hob der Partisan seine Pistole und landete einen Schlag auf den Schädel des Obersten.

Ohnmächtig gelang es ihnen, ihn von dort zu entfernen, während Major Dmowaki die Verteidigung gegen den verzweifelten Vormarsch des "Jägerbataillons" organisierte.

Nachdem die Linien wiederhergestellt waren, obwohl weit entfernt von der Station, die vollständig von den Deutschen besetzt war, gelang es den Rebellen, nach schweren Verlusten und blutigen Zusammenstößen den Angriff des feindlichen Bataillons zu stoppen.

Stanislas erlangte das Bewusstsein wieder und fand sich in einem verlassenen Lagerhaus wieder. Nur Noraczewski begleitete ihn. Der Kapitän verstand die Gemütsverfassung seines Chefs und Freundes und wollte nicht, dass ihn jemand begleitete.

Stychel starrte benommen auf die Stelle, an der sie standen, und schien sich nicht erinnern zu können, was geschah. Plötzlich leuchteten seine Pupillen auf und er sprang auf.

„Aleska! Aleska!

Noraczewski näherte sich und murmelte:

Mut, Oberst.

Stychel stürzte zur Tür und schrie:

„Warum hast du mich von seiner Seite genommen? Ich möchte seinen Körper retten.

Noraczewski kam in die Quere und erklärte:

„Sie müssen an Ihre Männer denken, Colonel. Aleska wird von den Deutschen begraben.

Stanislas senkte den Kopf. Er erkannte, dass er, gequält von Aleskas Tod, die Mission auf seinen Schultern vergessen würde. Es war notwendig, die Hunderte von Rebellen nicht zu vergessen, die ihm vertrauten. Er konnte die Sache, der er sich hingegeben hatte, nicht verraten.

Aber sein Unglück hüllte ihn in unsichtbare, aber unzerbrechliche Leggings. Aleska war gestorben. Es schien ihm unmöglich, dass dies passieren konnte. Wenige Minuten bevor dieser feindliche Offizier den Kommandoposten betrat, hatten sie zusammen gespeist, geplaudert und gelacht. Auch Noraczewski hatte sich an dem Gespräch beteiligt.

Stychels Netzhaut war noch voll mit dem Bild des glücklichen und glücklichen Mädchens. Nur eine gewisse Melancholie in seinem Blick, die sie zu kontrollieren versuchte, erinnerte an die Situation, in der sie sich befanden. Sein Lachen schien ihm immer noch ein Lachen ohne Sorgen und Angst zu fühlen. Er glaubte noch immer den Duft ihres Körpers zu spüren.

Und doch war Aleska gestorben. Er war nicht mehr als eine leblose Leiche, seine Muskeln waren zerrissen und sein Lachen für immer verschwunden, dieses Lachen, das der Oberst so liebte.

Verzweifelt vergrub er das Gesicht in den Händen und ließ seiner Trauer Luft, ohne sich dafür zu schämen, von seinem Assistenten gesehen zu werden.

Seine Angst, als er merkte, dass alles vorbei war, dass die Träume, die sie zusammen träumten, nie wahr werden würden, überkam ihn völlig und er brach wie ein Kind in Tränen aus.

Noraczewski beobachtete ihn schweigend. Er verstand, was dieser Mann erleiden musste, vor dessen Augen und ohne dass er es verhindern konnte, die Frau, die er liebte, gewaltsam gestorben war.

Der Oberst nahm nichts außer seinem Schmerz wahr, als die von General Bach-Zelewski geplante Operation begann.

* * *

Im verzweifelten Kampf darum, die russischen Soldaten aufzuhalten, hatte sich die Nachricht vom Warschauer Aufstand an der gesamten Front verbreitet. Für die Deutschen stellte es ein Hindernis dar, das die Ankunft von Lebensmittel- und Munitionszügen verhinderte.

Die Generäle bereiteten ihre Divisionen vor, um den sowjetischen Angriff abzuwehren, den sie sich danach härter vorstellten.

Im russischen Hauptquartier ...

Der Militärwagen, gefolgt von einer Kolonne von Lastwagen und Fahrzeugen, rückte entlang der überfluteten Straße vor, während Kolonnen von Infanterie und Panzern durch das Feld neben der Straße vorrückten. Artillerie und Kavallerie setzten ihren Marsch fort und sangen alte Lieder.

Ein Motorradfahrer hielt vor dem Vorderwagen, salutierte und verteilte ein Blatt. Dann stand er neben dem Gefolge.

Der Mann im Wagen, ein großer, muskulöser Beamter mit weißen Schläfen, öffnete das Laken und studierte es sorgfältig. Dieser Offizier war Marschall Vatupin, Chef der russischen Streitkräfte an der polnischen Grenze.

Der Marschall studierte den Brief und befahl dem Fahrer, anzuhalten. Dann, während die Autos seines Gefolges ihn nachahmten, näherte er sich einem Lastwagen und bat um eine Verbindung mit Moskau. Er sprach kurz am Telefon und nickte.

Der Marschall ging einige Augenblicke neben dem Wagen auf und ab, wandte sich an den Assistenten und befahl:

„Beschwöre die Armeekommandanten.

Dann kehrte er zum Auto zurück und setzte den Marsch fort. In dieser Nacht, als die Aufständischen verzweifelt gegen Bach-Zelewskis Angriffe kämpften, trafen sich die Spitzenführer der russischen Armee.

Vatupin betrat die Isba, wo sie ihr Hauptquartier errichtet hatten, und betrachtete die Uniformen, hohe und altmodische Kragen und Reithosen mit polierten Stiefeln. Die Brust der Männer war mit seltsamen russischen Verzierungen gesäumt.

„Generäle", begann der Marschall zu sagen, „wir haben einen Befehl erhalten, den wir befolgen müssen.

Die Beamten hoben die Köpfe und betrachteten ihn neugierig. Man sah Männer in der Uniform der Flieger, mit der der Panzertruppen und mit den Pelzmützen der Kosaken.

„Dieser Befehl soll uns aufhalten.

Die Nachricht schlug beim Militärtreffen wie eine Bombe ein. Alle sahen sich erstaunt an. Ein großer, muskulöser General mit schrägen mongolischen Augen beeilte sich zu sagen:

„Jetzt aufhören, dass wir vielleicht die Front durchbrechen können?

Vatupin nickte.

„Das sind höhere Befehle, von denen, die mehr befehlen als ich. Außerdem muss der Warschauer Aufstand niedergeschlagen werden, bevor wir weitermachen. Dann werden wir versuchen, die Front wieder zu durchbrechen.

Sofort wurden die genauen Befehle ausgeführt und die sowjetischen Truppen hielten an, gruppierten sich in den günstigsten Positionen und blieben in der Defensive, ohne die Deutschen, die sich in einer kritischen Lage befanden, auch nur einen Moment anzugreifen.

KAPITEL XVII

STARK

„Ein Teil unseres Ziels ist erreicht", sagte Bach-Zelewski, „aber das Wichtigste brauchen wir noch.

Die Beamten hörten schweigend zu und warteten darauf, dass er ihre Befehle fortsetzte.

„Wir haben es nur geschafft, den Bahnhof zu erobern, aber nicht die Rebellen aus dem Prager Stadtteil zu vertreiben. Aber ich muss Oberstleutnant von Ritcher würdigen, der in bewundernswerter Kühnheit sein erstes Ziel erreicht hat.

Alle wandten sich Peter zu, der mit verzerrten Zügen still dastand.

„Ich glaube, dass der Kampf in diesem Sektor fortgesetzt werden sollte, bis die Rebellen den Fluss überquert haben oder bis sie von der Alexanderbrücke isoliert sind. Aber im Sektor Nowe Miasto und Stare Miasto müssen die Ufer der Weichsel gesäubert werden. Beide Operationen werden gleichzeitig durchgeführt, jedoch mit geringerer Intensität. Der Kampf in Prag muss wie zuvor fortgesetzt werden, in aufeinanderfolgenden Schlägen, die feindliche Gruppen und Gebäude erobern, die zu Festungen werden. Auf Nowe Miasto werden wir eine Offensive starten.

Am selben Nachmittag füllten sich die Straßen in der Nähe des Flusses mit Soldaten und Panzern. In den Kreuzungen und an den Ecken waren einige begleitende Artilleriegeschütze aufgestellt worden, die auf die Stellungen der Rebellen gerichtet waren.

Zu einer bestimmten Zeit begannen sie ohne Pause zu schießen. Gebäude, die zu Festungen wurden, sprangen zerschmettert und zermalmten ihre Verteidiger. Von Zeit zu Zeit hörte das Feuer auf und Lautsprecher waren zu hören, die die Rebellen warnten:

"Kapitulation. Sie können keinen Erfolg haben und werden nur unschuldige Opfer erreichen. Kapitulation.

Dann kam Artilleriefeuer. Aber die Polen blieben auf ihren Posten, bereit, sich zu verteidigen.

Endlich hörte das feindliche Bombardement auf und die Angriffspanzer begannen ihren Marsch auf die gegnerischen Festungen. Gruppen von Soldaten, ausgerüstet mit leichten Waffen und Flammenwerfern, folgten ihnen und stürzten sich auf die Partisanenfestungen.

Automatische Waffen begannen zu klappern und Handgranaten explodierten, Panzerketten kreischten und Motoren brüllten. Die Artillerie der gepanzerten Ungeheuer feuerte ihre Salven auf die Gebäude. Die Flammenwerfer breiteten ihre Feuerwellen aus, machten den Truppen den Weg frei und vertrieben die Rebellen.

Pioniereinheiten rückten sie mit ihren Dynamitladungen vor und platzierten sie in feindlichen Schanzen, um sie in die Luft zu sprengen.

Nach und nach zwangen die von den Karren geschützten Wellen der Grenadiere und Pioniere die Rebellen zum Rückzug in Richtung des Flusses.

Major H hatte sich Verstärkung gesichert und die ihn unterstützenden Truppen hielten hartnäckig am Boden. Aber er verstand, dass er überwältigt sein würde, wenn es ihm nicht gelang, den deutschen Vormarsch zu stoppen und seine Männer nutzlos ließen, um den Kampf auf den Straßen fortzusetzen.

Er ging zur Schusslinie und feuerte seine Truppen an. Er ging von einem Ort zum anderen, entblößte sich ständig, brachte aber die Männer dazu, mehr Enthusiasmus zu zeigen.

Der Monat September hatte begonnen und die Kälte breitete sich in der ganzen Stadt aus. Eisige Strähnen kamen von der Ebene zu den Kämpfern.

Major H konnte die Panzermassen erkennen, die über den Trümmern aufragten, umgeben von den Angriffsgruppen. Knallen und Salven von automatischen Waffen ließen ihn umringen, eindringlich und irrsinnig.

Er sah auch, wie einige Kämpfer flohen, verängstigt von der Präsenz von Panzern und Flammenwerfern, die den Weg frei machten. Ein Gebäude, von dem aus sich mehrere Rebellen verteidigten, wurde von den Pionieren eingenommen.

Die deutschen Truppen setzten ihren Weg fort, unbändig und überwältigend.

Sie mussten eingedämmt werden. Er gab seine Befehle, und die Freiwilligen strömten herbei, stellten sich vor den feindlichen Vorhuten, die wütend anstürmten.

Zwischen den Trümmern und den Trümmern gingen die Partisanen in Deckung und montierten ihre Maschinengewehre und Mörser. Sie wussten, dass es einfacher wäre, sie zu bekämpfen, wenn sie die Panzer isolierten und die Soldaten, die sie begleiteten, vernichteten. Aber die Flammenwerfer und Handgranaten ließen keinen Moment der Ruhe.

Major H verstand, dass er nur erreichen würde, dass seine gesamte Einheit vernichtet wurde und kein einziger weiterkämpfen konnte.

„Es ist notwendig, Widerstand zu leisten, bis die Nacht kommt. Dann überqueren wir wieder den Fluss.

Die Explosionen der Artillerie vermischten sich mit den Dynamitladungen, die die Gebäude sprengten. Das Klappern der Maschinengewehre deutete auf den langsameren, aber unaufhaltsamen Vormarsch hin.

Plötzlich explodierte eine Granate in kurzer Entfernung vom Major, und er fiel blutüberströmt zu Boden. Seine letzten Worte waren:

„Lasst sie in der Abenddämmerung den Fluss überqueren.

Der Kampf ging mit größerer Intensität weiter. Trotz des Todes des Anführers kämpften die Polen mit gleicher Entschlossenheit weiter, bis die Nacht über die Stadt hereinbrach.

An den Flussdocks hatten sich verschiedene Boote versammelt, und dann bestiegen die Truppen die Transporte und marschierten zum anderen Ufer.

Nach und nach wurde die Neustadt verlassen und die Partisanen kehrten an das Ufer zurück, von dem sie ausgegangen waren. Sie alle verspürten große Trauer. Es schien nicht möglich, dass alles so enden könnte, und sie wiederholten:

„Wir kommen trotzdem wieder.

Ihren Stimmen fehlte jedoch das Selbstvertrauen von einigen Tagen zuvor.

Schließlich erreichten fast alle das andere Ufer, anders als die Kähne, wie die deutschen Panzer und Grenadiere den Kai erreichten, von dem sie geflohen waren.

Im Laufe des Tages gelang es Oberst "Wladimir", den Vormarsch der Panzer auf seinen Linien zu stoppen. Durch die weiten Alleen der Modernen Nachbarschaften bewegten sich die Panzer mit Leichtigkeit und entwickelten sich ungehindert. Aber aus benachbarten Häusern und aus halb abgerissenen Gebäuden schossen sie unerbittlich auf die den Karren folgenden Truppen.

Sie ruhten keine Minute. Sie überfielen ständig Häuser, kämpften Raum für Raum, bis die Partisanen vertrieben oder vernichtet wurden. Flammenwerfer fegten unerbittlich Räume und Orte, an denen Partisanen Widerstand leisteten. Panzer feuerten links und rechts auf benachbarte Gebäude.

Am Ende musste sich Oberst Wladimir vorsichtig zurückziehen, ohne die Überwachung aufzugeben, um nicht überwältigt zu werden und seine Truppen von der Masse der Geheimen Armee zu trennen.

Verzweifelt verließen sie das Moderne Viertel in Richtung Altstadt. Dort würden sie bis zum Eintreffen der Russen oder bis zur Landung von Anderss Armee aus Italien Widerstand leisten.

Am Stadtrand sammelten sich die von den Deutschen gefangenen Gefangenen. Die Polizeitruppen bewachten die Männer, in deren Abenteuer sie im Stich gelassen wurden.

Bor-Komorowski versammelte seinen Stab.

„Wir müssen uns im Stare Miasto stark machen, solange wir können. Wir werden keinen Zentimeter mehr Boden hinterlassen als nötig. Warten wir auf die Ankunft der Verbündeten.

KAPITEL XVIII

VERNICHTUNG

Während in allen Sektoren und Nachbarschaften außerhalb der Mauern. Der unaufhaltsame Druck der Deutschen hielt an und drängte die Partisanen in Richtung Stare Miasto, im Bezirk Prag bereitete sich das Bataillon "Jäger" darauf vor, die Festung der SS-Oberstrupps zu zerstören.

Im Lager der Deutschen schlenderten sie, Arme auf Armeslänge, an Panzern und Maschinengewehren vorbei. Auch mit Flugabwehr-Maschinengewehren ausgestattete Autos mussten in den Kampf eingreifen.

Die Bahnsoldaten arbeiteten daran, die Gleise zu reparieren, damit alles gleich weiterlaufen konnte.

Plötzlich tauchte die elegante Gestalt des Oberstleutnants von Ritcher aus dem Gefechtsstand auf. Sein Gesicht wirkte trotz der üblichen Gelassenheit verkrampft, und in seinen Pupillen schimmerte ein Ausdruck der Verzweiflung.

Die Soldaten sahen sich unbehaglich an. Sie wussten, dass ihr Boss seit dem Angriff auf die feindliche Hütte seltsam war. Sie fragten nicht warum, aber die Nachricht vom Tod einer Frau hatte die Runde gemacht und vielleicht erklärte dies alles.

Von Ritcher starrte seine Männer an, den Helm sicher befestigt und die Maschinenpistole unter den Arm geklemmt. Alles war kampfbereit.

Er gab ein Zeichen, und die Fahrzeuge rückten vor und schwärmten auf die Alexanderbrücke zu. Peter sprang in Begleitung von Hauptmann Schulz in ein Maschinengewehr und machte sich auf den Weg, gefolgt vom gesamten Bataillon. Der Kampf begann von neuem.

Die Gruppen und die Patrouillen rückten bei der Verfolgung der Panzerwagen vor und fegten die feindliche Verteidigung. Die Maschinengewehre kreisten, mit »Jägern« beladen, durch die breitesten

Straßen, sprangen über Trümmer und über Löcher im Pflaster, die von Artillerie gemacht wurden.

Die mit Flugabwehr-Maschinengewehren bewaffneten Autos feuerten auf Null, während die leichten Abteilungen die gegnerischen Stellungen angriffen.

Stanislas erhielt die Nachricht vom Vorstoß des Gegners. Immer noch verzweifelt nach Aleskas Tod, der manchmal unmöglich schien, erhob er sich und jubelte den Truppen zu, die immer noch warteten.

„Wir werden sie aufhalten. Und es geht um von Ritcher, unseren Feind.

Die Partisanen zogen mit gezogenen Armen und gerunzelter Stirn aus, um dem Feind entgegenzutreten. Die beiden gegnerischen Seiten marschierten mit derselben Entscheidung und mit ihren Führern an der Spitze.

Die Kämpfe begannen heftig und gingen hart weiter. Deutsche Patrouillen sprangen durch die Trümmer, feuerten ihre Maschinenpistolengeschosse und Handgranaten auf die Nester der Gegner und stießen Bajonette in den Körper des Feindes.

Panzer und Panzerwagen feuerten unaufhörlich und drängten unaufhörlich auf den Fluss zu. Die roten Flammen der Flammenwerfer stiegen aus den zu Schlachtfeldern gewordenen Gebäuden auf.

Immer wieder stürzten sich die "Jäger" ohne Rast auf den Gegner. Die Leichen lagen in den Trümmern. Die Gefangenen wurden mit erhobenen Händen aus dem Kampf gedrängt.

Ausnahmsweise schienen die Partisanen ins Stocken zu geraten. Eine Gruppe von Panzern verkeilte sich, gefolgt von den Patrouillen, auf einer breiten Straße, die es ihnen ermöglichte, sich zu entwickeln.

Erschrocken begannen die Polen eine Flucht zur Brücke und dachten an nichts anderes, als sich selbst zu retten. Stanislas wurde vor dem Geschehen gewarnt und rannte in Begleitung seines Assistenten dorthin. Er sprang aus dem Auto, einem eleganten Fahrzeug, das in einer Garage gefunden wurde, und rief zu den fliehenden Partisanen aus:

„Möchtest du sie alle zerquetschen? Verteidige dich, denn wenn du es nicht tust, werden dich die Panzer versengen.

Die Männer, die durch seine Worte ermutigt wurden, hielten inne, während er weitersprach und sie ermutigte, sich zu verteidigen. Er sah in kurzer Entfernung ein fast zerstörtes Gebäude, zeigte darauf und fügte hinzu:

„Von dort können wir sie aufhalten.

Die Partisanen flüchteten zwischen Trümmern und Trümmern. Die Wände waren halb abgerissen und zeigten die Löcher, die von Artillerie- und Dynamitladungen gemacht wurden.

Von dort aus eröffneten sie das Feuer auf die vorrückenden Streitwagen. Die Panzer hielten an und hielten ihr Feuer auf den Feind, während die Infanterietruppen vorwärts stürmten. In der Mitte zeichnete sich die Figur eines elegant gekleideten Offiziers ab. Stanislas glaubte, ihre Gestalt zu erkennen.

Nach und nach rückten die deutschen Soldaten auf das Gebäude zu. Stanislas erkannte, dass es notwendig war, Widerstand zu leisten oder die Truppen auf die andere Seite der Weichsel zurückzuziehen, und organisierte, während er auf seinem Posten blieb, den Rückzug anderer Sektoren.

Schließlich stürmten die deutschen "Jäger" das Gebäude. Sie sprangen über Schutt und Trichter und traten durch Lücken in den Wänden ein.

Stanislas nahm eine Maschinenpistole und begann um ihn herum zu feuern, um sich zu verteidigen. Plötzlich erkannte er die Gestalt eines Offiziers, der durch ein Fenster sprang und seine Maschinenpistole schwenkte. Er erkannte ihn sofort. Es war von Ritcher, der Mann, der Aleska getötet hatte. Er stellte sich der Maschinenpistole und begann auf seinen Feind zu schießen. Die Projektile wirbelten Staubwolken neben dem Offizier auf, verfehlten ihn aber. Peter stand regungslos da und feuerte nicht, als der Feind zurückwich.

Am Ende des Gebäudes vertrieben, zogen sich die Polen über die Alexanderbrücke und per Lastkahn ans andere Ufer zurück. Peter war auch für diesen Bereich verantwortlich.

Nachdem alle im Stare Miasto eingeschlossen waren, leitete General Bach-Zelewski die Belagerung ein. Die Kanonen und Panzer feuerten weiter auf die ersten Häuser am anderen Ufer, während sich die Truppen auf die Eroberung vorbereiteten. Von Zeit zu Zeit wiederholten die Lautsprecher die altbekannten Worte:

"Kapitulation. Sie können keinen Erfolg haben und werden nur nutzlose Opfer machen.

Dann trat Thors Mörser in Aktion. Er begann von seiner Plattform über der Altstadt aus zu schießen. Ihr Boom schien die ganze Stadt zu erschüttern.

Nach und nach waren die ersten Straßen der Altstadt von Gegnern geräumt und die deutschen Truppen machten sich auf, sie zu erobern. Es gelang ihnen, am anderen Ufer zu landen und die ersten Häuser zu besetzen. Dort wurden sie stark und setzten ihren Marsch durch die engen Gassen fort, inmitten eines Kugelhagels unbekannter Scharfschützen, die so ihren Mut rächten, als sie wussten, dass sie besiegt waren.

Der Kampf ging weiter. Haus für Haus, Ecke für Ecke eroberten die Deutschen die Altstadt, während Thors Mörser seine gigantischen Geschosse auf die Bevölkerung abfeuerte.

Stychel suchte im Kampf immer wieder nach Peter. Er hatte Berichte, dass er immer vor seinen Soldaten marschierte und sie in den Schlägen führte, aber sie trafen sich nie wieder. Der Pole sagte sich, sie hätten sich nur einmal gesehen, und er könne ihn nicht töten, wie er es wünschte. Aleska war immer noch nicht gerächt.

Die Säuberungsaktion ging weiter, die Polen, die sich noch immer in Bodennähe verteidigten, zerquetschten sie, sie blieben in ihren Positionen, geschützt durch die engen Gassen des Stare Miasto.

KAPITEL XIX

VOR DER WIRKLICHKEIT

Der Kampf ging mit Intensität weiter. Der Monat September war zu Ende und der Schnee begann bereits auf den Bergen zu fallen. Die kalte Luft breitete sich über die brennende Stadt aus, verhinderte jedoch nicht, dass die Kämpfe erbittert wurden.

Die Bombenanschläge und die Kämpfe auf den Straßen gingen intensiv weiter. Die Grenadiere und die "Jäger" drangen nach und nach in die engen Gassen des Stare Miasto ein und erhielten die Schüsse der in den Gebäuden versteckten Scharfschützen.

An diesem Morgen des 1. Oktober 1943 traf sich General Bor-Komorowski im Keller seines Hauptquartiers mit seinen Assistenten und den Führern seiner Armee.

Alle zeigten die Spuren des anhaltenden Kampfes.

Mehrere von ihnen trugen Verbände und unverheilte Wunden. Der verzweifelte Ausdruck der Menschen angesichts des Todes war in ihren Gesichtern zu sehen, ohne die Möglichkeit einer Rettung. Müde, erschöpft, mit angespannten Nerven versammelten sie sich dort, um die Situation zu entscheiden, in der sie gehofft hatten, erfolgreich zu sein.

Stanislas stand, von Schmerzen gebissen, an einem Ende und starrte auf den Boden. Dmowaki war gestorben und Noraczewski hatte den Posten übernommen. Viele seiner Männer waren in den grausamen Kämpfen gefallen, und ihre Erinnerungen verfolgten den Oberst.

Das Bild von Aleska, die am Boden lag, verfolgte sie weiterhin.

Bor-Komorowski räusperte sich und starrte die Männer an, die ihm in seinem verzweifelten Kampf gefolgt waren.

"Meine Herren", sagte er, "ich brauche nicht zu erklären, in welcher Situation wir uns befinden. Sie, die sich mitten in einem Kampf befinden, wissen es genauso gut wie ich. Wir müssen uns jedoch entscheiden, was wir tun" tun.

Die Versammelten sahen ihn unruhig an. Wohin wollte der General sie bringen?

„Trotz unserer anfänglichen Erfolge, vor allem aufgrund fehlender Hilfe von außen, sehen wir uns auf den Stare Miasto reduziert, der ständig vom Feind bombardiert und weggefegt wird. Unsere Männer fallen oder werden gefangen genommen. Uns gehen Essen und Munition aus. Ich glaube, wir haben nur noch eine Lösung. Kapitulation.

Unter den Offizieren gab es einen Moment der Überraschung. Stychel konnte sich nicht beherrschen und rief aus und stand auf:

„Aufgeben? War es das, wofür wir so viele Männer in den Kampf geworfen haben? Werden wir nicht weitermachen? Wir können sie immer noch schlagen und durchhalten.

Bor-Komorowski sah ihn mitleidig an.

„Colonel, ich weiß, dass Sie Ihr Leben geben würden, und ich würde dasselbe tun, um unsere Flagge hoch zu halten. Aber bedenken Sie, dass wir nicht mehr gewinnen können und dass es unsere Verpflichtung ist, alle unnötigen Opfer zu vermeiden. Wir haben unsere Positionen gehalten, bis es menschlich unmöglich war, weiterzumachen. Wenn einer von Ihnen glaubt, dass es einen Weg gibt, sich selbst zu erhalten und weiterzumachen, bis Sie gewonnen haben, bin ich bereit, Ihnen zuzuhören. Ansonsten schicke ich heute General Schellenberg eine Kommission.

Niemand wagte zu antworten. Stychel bedeckte sein Gesicht mit den Händen. Nein, sie konnten nicht besiegt werden. Sie mussten sich wieder ergeben, wie zuvor, als sie von zwei Fronten gleichzeitig überfallen wurden. Und doch verstand er, dass der General Recht hatte. Es gab keine andere Wahl.

* * *

Stanislas blickte auf die Alexanderbrücke, über die eine Gruppe deutscher Uniformen mit einer weißen Fahne vorrückte. Er wandte sich an die Adjutanten des Generals und sagte:

"Sie kommen.

Über diese Brücke, überlegte der junge Mann, waren die Delegierten von General Bor-Komorowski unterwegs, um mit dem Feind zu verhandeln, und genau durch diesen Ort hatte er davon geträumt, seine Männer zum Sieg zu führen.

Die polnischen Vertreter trafen die Deutschen in der Mitte der Brücke. Einige trugen ihre Uniformen und bedeckten sich mit Militärumhängen. Die anderen trugen ihre in ihre Mäntel gestopfte Zivilkleidung. Über den beiden Delegationen wehten weiße Fahnen.

Auf beiden Seiten beobachteten Kämpfer auf beiden Seiten das Geschehen und warteten auf das Ergebnis.

Der Leiter der polnischen Delegation grüßte mit einem Nicken.

„Im Auftrag von General Bor-Komorowski, dem Chef der polnischen Innenarmee, kommen wir, um über die Kapitulation der Truppen zu verhandeln.

Der deutsche Offizier fragte:

„Welche Bedingungen wollen Sie?

„Der General möchte vor allem, dass alle seine Männer als Soldaten und nicht als Scharfschützen gelten. Er will auch, dass die Bewohner Warschaus, die nicht am Kampf teilgenommen haben, respektiert werden.

"Ich werde meine Vorgesetzten über Ihre Wünsche informieren", antwortete der Deutsche.

Bor-Komorowski ging nervös in seinem Büro auf und ab. Es war das einzige Mal, dass dieser in Gelassenheit gebadete Mann die Besonnenheit verloren hatte. Plötzlich betrat einer seiner Assistenten den Raum.

„Die Deutschen akzeptieren unsere Bedingungen.

Komorowski fuhr sich wie in tiefer Erleichterung mit den Händen über die Stirn und wandte sich dann an seine Gehilfen.

„Ich werde gehen und die Kapitulation im Büro von General Bach-Zelewski unterschreiben. Er ist derjenige, der uns besiegt hat.

Er wandte sich an seine Mitarbeiter und sagte:

„Ich möchte, dass Sie die Rebellen wissen lassen, dass ich ihnen zu ihrem Verhalten gratuliere. Dass jeder seine Pflicht getan hat. Sie hätten mehr Glück verdient, aber ich habe sie nicht zum Sieg führen können.

Dann streckte er seinen Assistenten die Hand hin. Sie schüttelten diesem ruhigen und kalten Mann die rechte Hand. Dann ging er, nur von einem Offizier gefolgt, zur Alexanderbrücke. Stychel, immer noch sprachlos, sah ihn mit erhobenem Kopf, in seinen Mantel gesteckt und mit einem dunklen Hut bedeckt, vorbei.

Er rückte mit weißer Flagge bis zum anderen Ende der Brücke vor, wo ein deutscher Offizier mit einem Wagen auf ihn wartete. Sie kletterten auf ihn zu und wandten sich an die Komandatur. Der General öffnete während der ganzen Fahrt die Lippen nicht.

Als er die Komandatur erreichte, sprang er an Land und betrat das Büro, wo Schellenberg und Bach-Zelewski auf ihn warteten. Beide standen stramm und senkten die Köpfe.

"Ich denke, der Grund für meinen Besuch ist ganz klar", sagte er auf Deutsch. Ich möchte so schnell wie möglich abschließen.

Schellenberg zeigte ihm einen auf Deutsch und Polnisch verfassten Brief. Bor-Komorowski las es sorgfältig und unterschrieb es dann, ohne die Lippen zu öffnen.

„Mein Assistent wird den Befehl erteilen, dass sich die Rebellen innerhalb einer Stunde ergeben.

Dann näherte sich Bach-Zelewski dem anderen. Diese beiden Männer, die so verschieden voneinander waren, einer feurig und kühn, der andere kalt und gelassen, sahen sich einen Moment lang an. Schließlich sagte Bach-Zelewski:

„General, so wie ich es für meine Pflicht gehalten habe, Sie mit all meinem Enthusiasmus zu bekämpfen, kann ich Ihnen jetzt von Soldat zu Soldat sagen, dass ich Sie bewundere und Ihre Männer für eine der besten Truppen halte, die mir begegnet sind.

Bor-Komorowski verneigte sich, aus tiefstem Herzen dankbar für das Lob, das er seinen Truppen dem feindlichen General gab, der sie gestürzt hatte.

KAPITEL XX

ENDE EINES ABENTEUERS

Zur vereinbarten Zeit kapitulierte die polnische Geheimarmee gemäß Bor-Komorowskis Befehl des Assistenten. Einige versuchten, als sie die Nachricht hörten, zu fliehen, verließen Warschau und schlossen sich den Partisanen an, die immer noch das Land durchstreiften, bereit, Sabotage und heimliche Kämpfe fortzusetzen. Von diesen erreichten die meisten ihr Ziel, aber einige wurden von den Deutschen gefangen genommen.

Der Rest, angeführt von ihren Anführern, ergab sich und gab ihre Waffen ab.

Deutsche Patrouillen rückten durch die Gassen des Stare Miasto vor und steuerten auf die Kommandoposten der Sektoren zu. Die Anführer warteten schweigend und mit zusammengezogenen Gesichtszügen auf sie. Von Zeit zu Zeit fiel noch ein vereinzelter Schuß, aber die allermeisten Partisanen warteten Arm in Arm auf den Moment der Kapitulation.

Die deutschen Patrouillen breiteten sich aus, während sich die aufständischen Truppen ergaben, ihre Waffen ablieferten und eine umfangreiche Kolonne bildeten, die in Richtung Komandatur ging.

Schweigend, geschlagen, aber nicht geschlagen, marschierten die Partisanen, bewacht von der deutschen Polizei, in Richtung der Konzentrationsbereiche, um in die Gefangenenlager gebracht zu werden.

Von Ritchers Truppen rückten über die Alexanderbrücke zum Kommandoposten von Oberst SS . vor

Peter näherte sich dem halb verfallenen Haus und fragte:

"Wo ist dein Chef?

Stychel kam aus der Hütte und starrte seinen Widersacher an. Einen Moment lang zitterten seine Lippen, dann antwortete er:

"Ich bin.

Peter und Stanislas starrten sich an. Beide wirkten erschöpft, sowohl physisch als auch moralisch. Aber die Kinnlade des siegreichen Deutschen war stolz erhoben, während die Schüler des Pols den anderen hasserfüllt und wütend ansahen.

„Ich warte auf die Kapitulation Ihrer Truppen. Ich bin Oberstleutnant...

"Von Ritcher" unterbrach den anderen.

Peter nickte.

„Genau, Oberst Stychel.

Sie sahen sich wieder an, anscheinend unbeeindruckt. Beide wussten, dass dem anderen nicht verborgen war, wer sein Gesprächspartner war.

„Sie kennen bereits die von General Bor-Komorowski unterzeichneten Kapitulationsklauseln. Ich hoffe, dass Sie sich daran halten.

Stanislas zögerte einen Moment, als wüsste er nicht, was er tun sollte. Dann wandte er sich an Noraczewski und befahl:

„Lasst die Kapitulation beginnen.

Bevor sich die Truppen dort versammelten, rückten die Polen vor und gaben ihre Waffen ab. Dann trafen sie sich in Gruppen, und da diese zahlreich waren, wurden sie auf die andere Seite des Flusses geführt. Stanislas und Peter sahen sich schweigend an und erwarteten nicht, dass einer von ihnen etwas sagte.

Plötzlich fiel aus einem nahegelegenen Fenster ein Schuss, der einen deutschen Soldaten niederschmetterte. Die "Jäger" warfen ihnen ihre Waffen ins Gesicht und bereiteten sich darauf vor, die Aktion abzuwehren, während einige ihre Waffen auf die Gefangenen und die sich ergebenden Partisanen richteten. Peter stoppte sie mit einer Geste und deutete an:

„Geh und finde den, der geschossen hat. Die anderen sind nicht schuld.

Eine Patrouille ging auf das Gebäude zu, während auf ein Zeichen von Ritcher die Kapitulation folgte. In der Ferne ertönten noch vereinzelte Schüsse. Deutsche Patrouillen rückten mit berittenen Waffen durch die Gassen und besetzten die Stellungen, die die Partisanen bei der Kapitulation verlassen hatten.

An einigen Stellen stürzten sich Diebe und Schläger auf die zerstörten Gebäude, im Vertrauen auf das Chaos, das sich damals gebildet hatte. Deutsche Truppen, zeitweise unterstützt von Partisanen, verfolgten und verhafteten die Schläger.

Schließlich wurde die gesamte Stanislaus-Kolonne entwaffnet und gefangen genommen. In Gruppen wurde sie auf die andere Flussseite gebracht, um aufgenommen zu werden. Noraczewski und andere Offiziere hatten ihre Waffen bereits abgelegt und bereiteten sich auf den Marsch vor. Nur Stanislas fehlte.

Peter drehte sich zu ihm um und streckte ihm die Hand entgegen.

„Colonel", sagte er, „seine Waffen.

In Stanislas' Pupillen blitzte Wut auf, und er hob die Hand an die Brust und zog eine Pistole. Er drückte ab und feuerte Nase an Nase auf seinen Rivalen. Das Projektil ging harmlos an dem jungen Mann vorbei. Peter stürzte sich auf den Pol und entwaffnete ihn.

Die "Jäger" drehten sich um und suchten nach dem Urheber des Schusses.

"Es muss irgendein Scharfschütze sein", sagte von Ritcher. Dann befahl er Stanislas: „Komm mit.

Allein betraten sie das Gebäude. Stychel funkelte den jungen Soldaten an und rief, unfähig, sich länger zurückzuhalten:

„Warum bringst du mich nicht um?

"Ich habe verschwiegen, dass Sie es waren, die geschossen haben", sagte von Ritcher.

Stanislas biss die Kiefer zusammen.

„Will er mich mit bloßen Händen töten?

Peter lächelte bitter.

„Das hätte ich schon. Sie haben mir Gründe genannt, die mich gegenüber meinen Chefs rechtfertigen. Er hat mich nach der Kapitulation angegriffen.

Verzweifelt rief Stychel:

„Ich möchte dir keinen Gefallen schulden!

Peter fragte unbeeindruckt:

„Vor ein paar Tagen hast du versucht, mich im Kampf zu töten. Also hatte ich eine Erklärung. Warum willst du es jetzt tun?

Stanislas leckte sich die Lippen.

„Aus dem gleichen Grund. Es war also kein Zufall, noch eine Chance auf den Krieg. Ich habe dich erschossen, weil ich wusste, wer du bist, weil ich dich töten wollte.

Peter fragte ruhig:

„Willst du mir sagen warum?

Stychel sah ihn einen Moment lang an und sagte dann:

„Du hast ein Mädchen getötet. Und ich habe sie geliebt.

Langsam antwortete der Deutsche:

„Ich habe sie auch geliebt.

Stychel rührte sich wütend beim anderen.

"Was bedeutet das?

„Was Sie gehört haben. Ich liebte sie auch, weil sie meine Schwester war.

Stanislas starrte ihn erstaunt an.

"Seine Schwester? Aber wenn sie Schweizerin war.

Der andere schüttelte den Kopf.

„Nein, Aleska von Ritcher war Deutsche wie ich. Als der Kampf ausbrach, wurde er der Abwehr angeboten. Ich habe bis auf ein paar Briefe nichts von ihr gehört, bis ich sie vor einiger Zeit in Warschau gesehen habe. Ich habe nie von etwas anderem gehört. Dann erfuhr ich, dass sie geschickt worden war, um den Gefechtsstand des SS-Oberst zu finden, damit wir ihn festnehmen konnten.

Stanislas trat vor.

„Warum verletzt du dein Gedächtnis?

Peter schüttelte bedauernd den Kopf.

„Sein Gedächtnis verletzen? Aber verstehst du nicht, was es bedeutet? Sie wusste, dass sie den Kommandoposten stürmen würden und sie trat vor dich, um dir als dein Schild zu dienen. Zuerst hat er seine Heimat und seine Pflicht erfüllt , weil sie dich auch liebte. Ich konnte nicht anders, es tauchte auf, als ich schon abgedrückt hatte und ich konnte die Explosion nicht stoppen. In diesem Moment wurde mir klar. Sie wollte mit dir sterben, wenn ihr etwas passierte .

Stanislas senkte den Kopf. Er schwieg einen Moment, dann rief er:

„Also ist alles anders.

Peter nickte.

„Wir haben sie bereits begraben. Ich werde in Kürze an die russische Front gehen. Ich werde ein letztes Mal hingehen, um Blumen auf ihr Grab zu legen. Wenn du willst, mache ich das auch für dich.

Stanislas nickte. Dann streckte er Peter seine Hand hin, der sie stumm schüttelte.

Vom Fenster aus beobachtete von Ritcher, wie Stychel sich einer Gefangenenkolonne anschloss und über die Alexanderbrücke ging.

ENDE

95